ミカンの味

チョ・ナムジュ　訳 矢島暁子

朝日新聞出版

ミカンの味　目次

登場人物

チャ・ソラン
口数が少なく静かで、勉強も運動も普通で目立たない。父・母・兄のドンジュの四人家族で、その平凡さにコンプレックスも。保育園からの親友ジアと離れ離れになった経験をもつ。

キム・ダユン
成績も恋愛経験も全校トップの目立つ存在。学校や先生からの期待は大きいが、家では重い病気の妹・ダジョンがいるため、母親に構ってもらえず寂しさを抱えている。

イ・ヘイン
ついひねくれた態度をとってしまうタイプで、ウンジが大好き。ＢＴＳの大ファン。父親が事業に失敗し、マンションから狭いアパートに引っ越すことに。生意気な弟・サンミンがいる。

ソン・ウンジ
おおらかで優しい性格。両親が離婚し、母と祖母と三人暮らし。ヘインもいた同じマンションの高層階に住んでいる。仲良しだったハウンとの行き違いから、小学六年生の時シニョンジンに引っ越してきた。

・本文中に数字で示した訳注は本文末尾に、短い訳注は本文中（　）内に記載しました。
また、一部の地名や学校名は架空のものです。

ミカンの味

空と海も区別できない、恐ろしく黒い夜。
その夜のように茫漠としていた心。
互いの本心だけでなく
自分の本心もはっきりわからなかった。

高校の入学式

ネクタイは初めてだ。ソランはシャツの襟を立て、首に巻きつけたタイの両端を交差させて、一度巻いてほどいて、また巻いてほどいて、もう一度巻いてみたけど、どうやっても形がうまくできなかった。ケータイで「ネクタイの結び方」を検索した。動画に従って見よう見真似でネクタイを三角形になるように結んで、その結び目の中にタイの端をなんとか突っ込んだ。やっぱりお父さんに出勤前に結び目を作ってと言えば良かったと思った。

今日はきちんと着たかった。

初日だから。

新しい制服だから。

藍色のジャケットに青と赤の線が格子状に入ったチェック柄のスカート、幅の狭い藍色のタイ。ゴムでつなぐタイではなく、ちゃんと結ぶタイなので本格的だ。緑系の中学の制服よりソランによく似合い、何よりぴったりだった。中学の制服はあまりにも短くてきつつだった。わざわざ詰めて小さくしたのでも、小さいサイズを購入したわけでもないのに、苦しいほど体を締めつけた。

中学の制服を着たのは二回だけ。入学式[1]の日、卒業アルバムの写真を撮る日。普段はいつもジャージを着て過ごし、卒業式の日にさえ制服を着なかった。お母さんは制服が完全にアルバム撮影用になった、こんなことなら撮影の日だけレンタルすれば良かったのに、なんでわざわざ作ったのかわからない、お金がもったいないと、何度も繰り返した。制服一着買えないわけじゃないだろうに、お母さんが何度もお金の話をするので、ソランは気が滅入った。

ソランは誰も、家族の誰も、絶対に入学式に来ないでと言い張った。でもお母さんはもう休みを取ったと言って、ソランの訴えを冗談か取るに足らないわがままとしか受け取らなかった。

「どうして？　私に聞きもしないで。私の入学式じゃない」

「母親なんだから。話にならないこと言うね」

「お兄ちゃんが高校に入学した時も行かなかったのに」

お母さんは口を開けたまま、びくっとした。すぐに慌てた表情を消して、もっときっぱりと言った。

「私も子どもの高校の入学式ってものに一度行ってみたいの」

「その子どもが、なんでよりによって私なの？　私はっきり言ったでしょ。嫌だ」

「ソラン」

「そんなに行きたいんなら三番目産んだら。そしたら十六年経ったら行けるよ」

すごく寂しそうでがっかりしたようだったが、お母さんは結局ソランの主張に従った。入学式の朝、いつもと同じようにソランが寝ている間に両親は出勤し、お兄ちゃんも学校に行った。食卓の上には一万ウォン（およそ千円）札二枚とお母さんのメモがあった。

「入学おめでとう。入学式には来ないでと言うから、お金でお祝いするよ」


校門の前に花束を売る露店が何軒か出ていた。卒業式の時には、高校の正門につながる路地の両側と、車道に沿って向かいのシニョンジン中学校の前までずらっと、花束を売る露店が並んでいたのに。学校生活を始めるより終えることのほうがめでたいことなのだろうか。ソランは、お母さんが置いていったお札を握って、校門から一番離れた露店に行った。

「二万ウォンのありますか？」

人差し指の爪に大きな銀色の星をつけている、まだ子どもっぽく見える店の人は、露台の一番上のが二万ウォンだと答えた。造花の合間合間に金色に光る紙で包装したチョコレートが混じっている、よくある花束。ソランが空色の花束を取って紙幣を渡すと、店の人は、ありがとうございますと言った。そのまま校門の方に向かいかけたソランも立ち止まって、ありがとうございますと返した。花束を並べ直していた店の人が、手を止めてソランをまじまじと見た。

「入学おめでとうございます」

心のこもった声と表情だった。新入生だとわかったようだ。そういえば今日初めて人と話した。ソランも心から嬉《うれ》しい、ありがとうという気持ちをこめて笑顔を向けた。

二万ウォンの花束を抱えて校門の中に入った。グラウンドを横切って講堂に向かう子たちはほとんど、ソランと同じように一人だった。入学式が家族の行事になる年齢も過ぎ、高校選択制[2]になってからは近所の友だちが自動的に同じ高校に割り当てられることもない。慣れない制服と見知らぬ顔、不満と残念さを共有した子たちが交わすぎこちない笑顔。新入生のほとんどは、シニョンジン高校を希望していなかっただろう。特目高[3]（特殊目的高校）の入試に失敗したか、第一希望に落ちた生徒たちの第二希望の学校。シニョンジン高校はそんな学校だ。

シニョンジン高校のある京畿《キョンギ》道ヨンジン市は、ソウルに隣接する工場地帯だった。工場が徐々に人件費の安い中国や東南アジアなどに移転すると、京畿道とヨンジン市は、戦略的にデジタル企業団地を造成した。地下鉄の駅を中心にＩＴ関連企業を誘致して、周辺の住宅密集地域だったシニョンジン区は、高層マンションが建ち並ぶ街なみに生まれ変わった。ヨンジン市の大部分は工場地帯と再開発を待つ古い住宅地が混在しているが、シニョンジン区だけは雰囲気が違う。ヨンジンデジタル企業団地に近く、ソウルへの交通も便利で、若いホワイトカラーの勤め人たちが移住してきた。所得水準も比較的高い。「京畿の中のソウル」、「ヨンジン最右翼」といった褒《ほ》め言葉なのか皮肉なのかわからないニックネームが付けられた、きれいで、交通の便も良く、さまざまな生活利便施設も整った、ひときわ目立つ新都市。そんなシニョンジンに足りないものを一つあげるとすれば、それはまさに教育インフラだ。

シニョンジン区から橋を一つ渡れば、大学入試の成績が大韓民国でトップレベルで、教育熱が高く学習塾の多いソウルのタナン洞《ドン》がある。シニョンジンの子たちはシャトルバスに乗ってタナン洞の塾に通い、学年が上がると当たり前のようにタナン洞の学校に転校していく子が増えていった。シニョンジンの学校は学年が上がるほどクラス数が減り、一クラスの生徒数も少なくなる。結局は離れていく場所。五年前に、科学重点校を標榜《ひょうぼう》して開校したシニョンジン高校の大学入試の成績は、期待に及ばなかった。

最初に提案したのは、一番勉強のできるダユンだった。他の子たちが信じられないというような声で、ええっ！と言った。

「あんた、キョンイン外高[4]（外国語高校）に行かないの？　あんたがシニョンジン高校に行くなんて、先生たちが黙ってると思う？」

「うん。私はシニョンジンに行くよ。私たちみんな一緒に行くって約束するなら」

　みんな真剣な表情になった。

　旅行最後の夜だった。ウンジのお母さんが寝たらビールを分け合って飲もうと言っていたが、純真な子どもたちは結局、冷蔵庫の隅のいつ入れたのかわからない缶ビールに手もつけられなかった。テーブルの上には食べかけのチキンピースとコーラの缶だけが散らかっていた。それでも、みんな酔ったような気分だった。三年生になっても映画部をやろう、高校に行っても連絡し合おう、そして同じ高校に行こうという話にまで発展した。

「シニョンジンなんて書く人、他にいないよ。あそこは第一希望に書くだけでいいんだよ。みんな一緒に行けるよ」

　つやつやした額に青筋を立てて熱心に説明するダユンを見て、ヘインがにやりと笑った。

「あんた、キム・サンヒョクが行くからでしょ？」

「何言ってんの」

「キム・サンヒョクがこの間言ってたよ。一番近いシニョンジンって書こうと思ってるって。

あんたたち、別れてないんでしょ？」

ヘインが聞くと、ダユンは目をそらして答えた。

「何よ、違うよ」

「えっ、図星？」

「違う！　違うよ！　違うって言ってるでしょ！」

ダユンは首から耳まで真っ赤になって叫んだ。慌てたヘインの顔からは笑いが消え、興味津々で二人のやり取りを見ていたウンジとソランも固まってしまった。ダユンが膝を立てて、顔をうずめて肩をふるわせた。テーブルの向こうのヘインがダユンの横に座っているウンジに口の動きだけで聞いた。泣いてるの？　ウンジが体を後ろに引いて、頭を下げてダユンをちらっとのぞいて、うなずいた。ヘインが申し訳なさそうに、困り果てた顔で、でも少し面倒くさそうにダユンに近づいて肩を抱いた。

「ねえ、あんたが泣いたら私が申し訳なくなっちゃうじゃん」

ダユンがゆっくりと顔を上げると、顔は涙でいっぱいだった。ウンジが黙ってテーブルの上のティッシュを二枚取ってダユンに渡した。ダユンはティッシュを半分に折って鼻を一度大きくかむと、床に放り投げるように捨ててヘインに言った。

「あんたそれ何の謝罪なの？　あんたがいい加減なことを言ったのが問題なんじゃなくて、

私が泣いたのが問題だって言うの？　あんたが申し訳ないと思うから、私は泣いちゃいけないってこと？」

「どうしてあんたはいつも、そうやって理屈っぽく問い詰めるの？　あ、ごめんって。ホントごめんってば！」

ダユンは何か言おうとしたがやめて、また泣き顔になった。ヘインはもうお手上げというように、ダユンの肩にかけていた腕を下ろしてしまい、ウンジがダユンの背中を優しく叩《たた》いた。ソランはただ見守るだけだった。ダユンがまた鼻をかんだ。

ダユンには病気の妹がいる。ダユンの両親は妹の面倒を見るので手がいっぱいだった。ダユンは両親の心配事を増やしたくないし、自分に関心ももってもらいたいし、褒められたいし、何より一人自分の部屋にいて他にやることがないので、勉強ばかりしていてよくできるようになった。でもダユンがいい成績をとったからといって妹が元気になるわけでもなく、両親が関心を示したり褒めてくれたりするわけでもなかった。虚しい心を彼氏で満たした。付き合って別れてまた別の子と付き合った。でも誰と付き合ってもひと月ともたなかった。優しいウンジも、文句ばかりのヘインも、クールなソランも知っている。みんな知っている。

ダユンは寂しいのだ。

「キム・サンヒョクとはホントに終わったんだよ。私はただあんたたちと別れたくないの。

私たちみんなシニョンジンって書こうよ」

ヘインはまだふざけていた。

「うん、そうしよう。願書を書く前にまず血書《けつしょ》を書こう」

「映画の観すぎじゃない？」

「やるならちゃんとやらなきゃ。一番大事なものを賭《か》けるんだよ。裏切ったらすべてを失うの」

「やっぱり映画の観すぎだよ」

ヘインとウンジが冗談を言い合っている間、ダユンの表情がだんだん険しくなった。

「私、ふざけてるんじゃないんだけど」

開いた窓から湿っぽい海風が入ってきた。何日かの間に四人が慣れたのか、海が変わったのか、最初はびっくりしてすべての窓をぴっちり閉めずにいられなかった妙に生臭いにおいは、もうほとんど感じられなかった。真っ白なランプをまばゆく照らしたイカ釣り船がなかったら空と海も区別できない、恐ろしく黒い夜。その夜のように茫漠《ぼうばく》としていた心。互いの本心だけでなく、自分の本心もはっきりわからなかった。

考え込んでいたヘインが、だしぬけに答えた。

「うん。私もシニョンジンって書く。私たち一緒に高校に通おう」

「私も！」

ウンジもすぐに答えた。安堵したのか、ヘインがウンジをちらりと見て長いため息をついた。

成績が良いから、条件が揃《そろ》っているから、欲張りだから、みんなそれぞれの理由で特目高や自私高[5]（自律型私立高校）への入学を目指している子たちだ。特に悩んだり迷ったりすることもなく一般高校[6]に進学するのは、実はソランだけだ。

ソランは女子校に行きたかった。ヨンジン女子高、チルリ女子高、ヨンイン女子高の順に希望を書くつもりだった。三校とも希望者は多いけれど、どこか一つは受かるだろう、シニョンジン高校でさえなければいいと思っていた。ちゃんと勉強をする雰囲気の学校が良かった。でもそんなことを言うのは照れくさかった。全校で一番勉強ができるダユンが外高を諦めると言っているのに、私なんかが。こんな私でさえシニョンジンは嫌なのに、ダユンが本当にシニョンジンって書くのだろうか？

「あんたは？」

ソランがダユンに疑わしそうに尋ねた。

「ん？」

「まずあんたがはっきり約束して。あんた本当にシニョンジンって書くの？」

「もちろん。私が最初にシニョンジンに行こうって言ったんだから」

ソランは三人と一緒にいて感じた安定と温もり、充足、期待、そしてそれと同じだけの疎外、不安、空虚、失望の感情を思い出した。友だちと別れたくないのと同じくらい、ずっと一緒なのも嫌だった。中学を卒業してしまえば終わりだと思うとすっきりする一方で、一人ぼっちになるのも怖かった。

シニョンジン中学で一番勉強ができるダユン、学校と先生の期待を一身に背負っているダユン。ソランは、良い高校に行って良い大学に行き良い仕事に就くダユンの姿を思い浮かべるのがつらかった。そう考えると、ダユンと一緒にシニョンジン高校に行きたくなった。ダユンを憎んではいない。嫉妬《しっと》してもいない。ただ、一緒に遊び、けんかしながら育った友だちが、一人二人ともっと良いところに行ってしまって、同じ場所にいるソランが後ろに下がったみたいになり、周りを見回してみると、いつの間にか、はるかに遅れをとっていた。これ以上敗北感を味わいたくなかった。

「じゃあ私も約束する。私もシニョンジンって書くよ」

四人は、シニョンジン高校を第一希望に書くことを約束した。

血書は書かなかった。代わりにタイムカプセルを埋めることにした。ダユンが持っていたリングノートを一枚破り、「四人はシニョンジン高校を第一希望に書く」とだけ書いて、その下に順番に名前とサインを残した。紙をくるくる巻いてやはりダユンが持っていた円筒形の金属の筆箱に入れて、流し台の引き出しから見つけたガムテープで蓋《ふた》と本体をしっかり固定した。ヘインが質問しているのか咎《とが》めているのかわからない独り言を言った。ダユンはどうして旅行に筆箱なんか持ってきたの。

別荘は工事中で、庭は雑然としていた。枯れ葉と折れた枝が散らばっていて、庭石もちゃんと置かれる前のようで大きさも高さもめちゃくちゃだけど、海辺がすぐに見下ろせる石垣の前のクロガネモチの木だけは一列に整然と植えられている。路地の入口からも見えるほどひときわ背の高い外灯の光を受けて、緑の葉と赤い実がクリスマスツリーのように輝いていた。その外灯の下に決めた。庭を整備するのにこれから砂利をならしたりあちこち土も掘り返したりするだろうが、外灯だけは変わらないだろうと思った。

四人は、ウンジのお母さんが寝ていることをもう一度確認したあと、台所からスプーンを持ってきて庭に出た。そして土を掘り始めた。土は固くて、思ったより簡単ではなかった。みんな黙って土掘りだけに熱中していると、突然ヘインが校歌を歌い出した。繰り返しの部分になると、ダユンとウンジも自然と声を合わせて歌った。

「ああ！　真理の殿堂、私たちのシニョンジン……」

ダユンは腹を抱えてきゃっきゃっと笑い、地面に寝転んだ。

「これは何なんだろ？　私たち、なんでこんな夜中にスプーンで地面を掘ってるの？　人が見たらあいつらおかしくなったって思うよ」

「ああ、どうしよう、涙が出る。イ・ヘインはどうして校歌を歌うの？　学校が好きでもないくせに」

「あんたたちも一緒に歌ったじゃん！」

ヘインとウンジも地面に座り込んでしまった。ソランだけがくっくっとこみ上げる笑いをこらえながら地面を掘り続けた。実際たいして面白いことでもないのに、しばらく我を忘れて笑っていた。

一年六カ月後、つまり高校一年の夏休みにまた来て掘り返すことにした。タイムカプセルの中に書いた約束を守れなかった人は、その夏の旅行に一緒に行けないということだ。その時の四人にとっては何よりも恐ろしい条件の付いた誓い。生まれて一番心細くて、一番つらくて、どうしようもなく怖かった十六歳[7]の二月のある夜。親を説得するのにひと月もかかってようやくみんなで来られた済州《チェジュ》旅行、四人は一番大事なものを賭けて約束した。でも、心の片隅に残った小さな疑念までは払い落とすことができなかった。疑念は他の三人に向けたものでもあり、自分に向けたものでもあった。

天井の高いシニョンジン高校の講堂は、小さな音もグワングワン響いた。新入生たちは大半がすでに席に座り、保護者席はほとんど空いていた。ソランは香りのない花束に顔を埋めた。

「ソラン！」

聞き慣れた声。

ソランの心臓の鼓動が速くなった。

この入学式の日まで、本当にいろいろなことがあった。

マンション団地の上に赤い月が浮かんでいた。
ズームアップして撮った写真は色がぼやけているけれど
月が大きくて神秘的だった。
これがブラッドムーンか。
待っていればそのうち元の黄色い月がまた現われるんだな。

ダユンの話

「キム・ダユン、ちょっと先生と話そうか」

　担任の表情がこわばっていた。ダユンは罪を犯した人のように頭をがっくりと落として、静かに先生について行った。前日キョンイン外高の最終結果が出て、ダユンは不合格だった。担任も悔しいだろうが、だからといってダユンが叱《しか》られることではないはずなのに。疑問がいっぱい詰まった視線がダユンに集まった。

　前の席の子が後ろ向きに座って、ソランと向き合った。知っている事を話してみろと言うように眉を上げ、首をかしげた。ソランはびくっと体を後ろに反らした。

「どうして私を見るの？」

「ダユンはどうしたの？」

「私、知らない」

「うそお、あんたたちお互い知らないことなんてあるの？　あんたたち四人で付き合ってるんでしょ」

ソランの隣の席の子が興味なさそうに口をはさんだ。

「違うと思うよ。あの子最近、すごく冷たかったよ。チャ・ソラン、もしかしてキム・ダユンと別れたの？」

「付き合ってなんかないし」

淡々と答えたのに顔が火照《ほて》って、ソランは頭を深く下げた。


ダユンは相談室に初めて来た。木札の真ん中に丸くて可愛い文字で「相談室」と書かれていて、ぐるりと縁《ふち》に沿って黄緑色の枝と深緑の葉っぱ、赤い花が描かれている。木札の下には、やはり同じような字体でプリントした案内文が貼ってある。「相談室は誰にでも開かれています」

頑丈そうなスチール製のテーブルを真ん中に置いて、担任とダユンが向かい合って座った。担任はボールペンのお尻を親指で押し続け、短い芯が出たり引っ込んだりを繰り返した。

「先生、怒ってるんじゃないよ」

怒っているということだな。

「叱ろうと思って呼んだのでもないし」

叱りたいという意味なんだな。

「ただ気になったから」

答えないと帰れないな。

「なぜ行かなかったの？」

予想していた質問なのに、両目から涙がぽろぽろ流れ落ちた。ダユンは自分でも戸惑って、手の甲で涙を拭《ぬぐ》った。これまで、学校で何度も泣いた。家の事情まで知られて、かわいそうな子とずっと記憶されそうで嫌だった。下唇をぎゅっと噛《か》んで他のことを考えようとした。そんなダユンを見る担任の目は哀れみでいっぱいだった。

「やっぱり何かあったんだね」

担任は一昨年の春を思い出した。中学での初めての英語の時間、緊張をほぐす意味でディズニーアニメの歌で授業した。照れくさいのか、歌が子どもっぽいと思うのか、口をつぐんでいる子が多い中で、手で拍子を取って一生懸命あとについて歌う生徒が一人、目に入った。発表をさせて名前を聞いた。キム・ダユンです。まだ小学生っぽさも抜けない子が大きな声ではきはき答えるのが、何とも可愛らしく見えた。

賢そうな子だなと思ったら、勉強がすごくできるということを知り、家庭の事情も知るようになった。ずっと気にかかっていたところに、三年生で担任になった。英語が好きで得意なダユンは外高に行くと良いと思った。でも、まだ中学生のダユンが一人で特目高の入試を準備できるほど、現実は甘くなかった。

　担任は、実を言うとダユンのために英語討論大会と英語作文大会を開いた。青少年模擬国連会議にダユンを推薦し、外国人観光客を対象とする古宮案内のボランティア活動もさせた。ダユンにも自己紹介書に書き込む「スペック」[8]と言えるものができた。担任とダユンは、ノートパソコンを前に並んで座って願書を書き、週に二回面接の練習もした。ところがダユンがその面接に行かなかったのだ。

「あなたが落ちるわけがないじゃない。どう考えてもおかしいから調べてみたんだ。行きたくなかったの？」

　ダユンは首を横に振った。

「授業料が負担だと思ったの？」

　今度も首を横に振った。

「ほかの人にはともかく、私には話してほしいな」

　ダユンはポケットからケータイを取り出した。メッセージウィンドウを一つ開いて、担任の前に押し出した。担任はケータイを引き寄せて内容を確認すると、首をかしげた。しばらくしてから、ああと言って、開いた口を閉じられずにいたが、恐る恐る聞いた。

「妹さんの具合が悪かったの？」

ダユンは乾いた唇の皮を前歯で噛むばかりで、返事をしなかった。

「ダユンの妹さんの名前じゃないの？」

「お母さんが送ったのではありません」

担任は理解できないという顔だった。明らかに、上にも下にもダユンとお母さんがやり取りしたメッセージが並んでいる。

「お母さんの番号ですけど、お母さんが送ったんじゃないんです。誰が送ったのかわかりません」


面接の前日も妹は夜通し咳《せき》をしていた。ただでさえ緊張して眠れないのに、正直気に障った。今や妹の咳の音は、もうすぐ春が来るんだな、冬が来るんだな、と知らせてくれる合図にすぎない。アラームや電話のベル、インターホンの音みたいなものだ。

ダユンも昔は心配していた。心の底から、妹の荒い息づかいと繰り返す咳に気をもんだ。寝ている妹の鼻の下に指を当てて、ちゃんと息をしているか確認したし、脈拍がわかるように手ではなく手首をつかんで歩いた。泣いて万が一のことでもあったらいけないと思って、本気でけんかすることもなかった。妹の鼻筋にしわが寄ったり眉間がゆがみ始めたりすると、ダユンはすぐにうなずいて折れて謝った。

妹が生まれる前、ダユン一家はおばあちゃんと同じマンションの上下の階に住んでいた。仕事に行く両親の代わりに、おばあちゃんがほとんどダユンを育てた。おばあちゃんはセーターがよく似合って、麺料理が大好きで、いつもオールドポップスを聞きながら新聞を読んでいた。ただ膝が良くないので動くのを億劫《おっくう》がっていた。

ダユンは午前中は保育園に行き、午後はおばあちゃんの家でテレビを見た。絵本をめくったり、折り紙を折ったりもした。友だちが近所の遊び場で毎日暗くなるまで遊び回っていることは知っていたけれど、一度もおばあちゃんに遊び場に行こうとねだらなかった。そしてポロッと「寂しい」と言った。まだ五歳だったダユンが、すごく寂しい、妹か弟がいたらいいのにと言った。両親が、遅くなったけれど二人目を産もうと決めたのは、ひとえにダユンの「寂しい」というひと言のためだった。

ダユンはお母さんのお腹の中に赤ちゃんがいることを知って、朝に夕にお腹をなでながら、妹が生まれますようにと祈った。毎晩お母さんの膨らんだお腹に向かって歌を歌ってあげ、童話を読んであげ、下手な字で自分の名前を書いた。キム、ダ、ユン。実際はキダウンの時もあったし、キムタユンの時もあったけど、キムダウンの時が一番多かった。くすぐったがるお母さんと、くすぐったがるお母さんをおかしがるダユンは、何の考えも心配もなく寝転んで笑った。お母さんが産休を取って赤ちゃんが生まれるのを一緒に待っていたひと月が、ダユンにとっても、お母さんにとっても一番幸せな時間だった。

みぞれが降るクリスマスイブの夜明け、天の恵みのようにダジョンが生まれた。望みどおり女の子だった。ところが春になると、ダジョンはその小さな体で咳をした。ダジョンの咳が止まらず息をするのも苦しくなると、お母さんは仕事をやめた。そして一家は、おばあちゃんの家から離れて、ダジョンが通っていた総合病院の近くに引っ越した。

ダユンは早く妹と遊びたかった。ダユンの髪を毎朝違う色のゴムで結ってくれ、小さなスプーンで一口ずつご飯をすくって食べさせてくれ、水をつけた素手で鼻をかんでくれていたお母さんが、昼夜を問わず妹だけを見て妹にかかりきりになっていても、一度も文句を言わなかった。静かに待っていた。でも、ダジョンは元気にならなかった。

ダユンの心から、長い間同じ場所に置いてあった本の背表紙が色あせるように、辛抱強く待ち続ける気持ちがだんだん消えていった。どうして褒めてくれないんだろう、という思いが芽生えたのが始まりだった。たしか小学校一年生の冬休みだったと思う。

ダジョンの喉からゴロゴロと痰《たん》がからむ音がした。お母さんは炊き上がりを知らせるメロディーが鳴ったばかりの電気炊飯器を開けて急いでご飯をよそい、熱々のスープもよそって食卓に乗せ、ダユンに、おまえ先に食べてなさいと言った。そして冬中暖房と加湿器をつけっぱなしにしてちょうど良い温度と湿度を保っている奥の部屋に、妹を抱いて入った。

ダユン一人で食卓に座った。ドア越しに妹の癇癪《かんしゃく》の交じった泣き声を聞きながら、ぼおっとスープをひと匙《さじ》すくって口に入れた。すごく熱くて感電したように全身が跳ね上がった。冷蔵庫を開けて水差しを取り出し、コップを取ろうと棚の上に手を伸ばしたが、届かなかった。口の中が焼けるようだった。ダユンは急いで水差しに口をつけて水を飲んだ。水がどっと溢《あふ》れ出たせいで服がびしょ濡《ぬ》れになった。助けが必要だったが、妹の咳も始まったので、お母さんを呼べなかった。

ダユンは服が濡れたままご飯とスープをふうふう吹いて冷ましながら食べて、空になった器とスプーンと箸を流しに置いて、じっと食卓の椅子に座っていた。しばらくして、やっと眠った妹を布団に寝かせて、お母さんは汗だくになって奥の部屋から出てきた。額にはりついた髪の毛が目に入ったまま、お母さんは黙ってただダユンを見た。ダユンが先に口を開いた。

「お母さん、服にお水をちょっとこぼしちゃった」

「そう」

「スープが熱すぎて、冷たいお水を出して飲んだの」

「そう」

どんな話でももうちょっとしたかったのに、お母さんは生返事をするだけで、会話が続かなかった。ダユンがまた言った。

「コップを取ろうとしたけど手が届かなくて、そのまま飲んじゃった。そしたらこぼしちゃったの」

「えっ？　水差しに口付けて飲んだの？」

お母さんが急に怒った。眠っている妹を起こすといけないので声を潜めてはいたが、次から次へと叱りつける言葉を吐き出した。

「いくらなんでもそれはないよ。家族みんなが一緒に飲む水に口を付けて飲んでどうするの？　お母さんにコップを取ってと言わなきゃだめでしょ。なんでそんなに考えがないの？　まずすぐに服を着替えなさい！」

お母さんはベランダの物干し台から下着を取り込んできてダユンに渡した。裏返しになってごわごわに乾いた下着をダユンがまた裏返すと、干しっぱなしだった下着からほこりが舞い散った。冷たい下着を着ると体がぶるぶる震えた。ダユン一人で服を着替えて、濡れた服をベランダの洗濯機の前の洗濯かごに入れて戻ってくるまで、お母さんは同じ姿勢と表情で壁にもたれて座っていた。

「私一人でボタンはめたの。着てた服は洗濯かごに入れておいたよ」

「そう」

お母さんがよくできたね、と言ってくれると思っていた。ダユンは、どんなに頑張ってもお母さんが褒めてくれないということに気付いた。妹が生まれる前よりもっと寂しかった。

「ダジョンが良くなればいいのに。良くならないなら、このままいなくなっちゃえばいいのに。妹が欲しいなんて言わなきゃ良かった」

悔しくてつい言ってしまってから、これは叱られるだろうな、と怖かった。でもお母さんは叱らなかった。腹を立てもしなかった。お母さんも同じ気持ちだったのかもしれない。しばらくしてから、やっと低い声で言った。

「長患いの親に孝行の子はいないというからね[10]」

でもお母さん、私はダジョンの子じゃないんだよ、お母さんもダジョンの子どもじゃないでしょ、お母さんなんだから。私のお母さんでもあるし。


キョンイン外高の面接日の朝、お母さんは目をこすりながら制服のワイシャツにアイロンをかけていた。食卓には雑穀ご飯と味噌スープ、ソーセージが置いてあって、ダユンは冷蔵庫からカタクチイワシの佃煮とキムチを取り出し、容器ごと並べた。

「お母さんは朝ごはん食べた？」

「まずこれをアイロンかけないと。昨日、ダジョンの隣でちょっと横になったらうっかり寝ちゃったのよ。でもあんたが洗ってたから良かったよ。黄ばんだシャツ着て面接に行くところだった」

今日面接なのは覚えてたんだ。でもお母さん、面接には制服を着て行っちゃだめなんだよ。ダユンは、今アイロンをかけているそのシャツを着て行けないと、どうしても言えなかった。なんとなく箸で器に残った飯粒をつついて取っていた。お母さんがきまり悪そうに笑いながら言った。

「ごめんね。おいしいおかずはできなかったよ。お母さん、サバを買っておいたから。夕飯は熟成キムチと一緒に煮てあげる」

「そういうことじゃなくて……」

ダユンを見上げるお母さんの両目が大きく開いていた。夜は病気の次女の世話をして、朝は長女の制服にアイロンかけて、寝ることもご飯を食べることも満足にできないお母さん。まだ四十にもならないお母さん。だけどダユンもまだ十六だった。

「制服は着て行けないんだよ。面接会場に入る時は、服の上からジャンパーまで着せるんだって。どの中学校なのか、どんな服を着ているのか面接官たちがわからないように。そのほうが公正なんだって」

「あ、そうだ。言ってたね。今思い出したわ」

学年初めの頃、担任の面談の呼び出しに、お母さんは二度も約束を延ばした。一度はダジョンが入院したためで、もう一度はお母さんが体調を崩したからだった。ダユンの目にはお母さんがそんなに具合が悪そうには見えなかったけれど。熱心なのはむしろ担任で、お母さんは、最近外高に行く子はあんまりいないって聞いてるけど、わざわざそんな学校を受けて落とされたら、とんでもない高校に行かされるのではないか、と気乗り薄だった。

「ダユン、おまえキョンイン外高に行きたいの？　外高は全部なくなるってよ。ヨンリムかヨンジン女子高を書いたらいいじゃない」

　面談後、お母さんは考えを変えた。担任は、定時[11]が拡大すると、修能《スヌン》[12]の点数を上げることが重要になり、優秀な生徒たちの間で互いに切磋《せつさ》琢磨《たくま》できる学校を選ぶべきだと力説した。親が入試に全面協力しにくい家ほどきめ細かく管理してくれる学校が必要で、ダユンのように飛び抜けて優秀な生徒がシニョンジン区に留まっているのはあまりにももったいない、とお母さんを説得した。願書の作成から面接の準備まで責任をもつとも言った。

「うちにとって、こんなチャンスは二度とないと思う。ダユンが合格してくれたら、お母さんはもう言うことないわ」

　ダユンは、自分のことに目を輝かせ、関心と意欲を見せるお母さんの姿がいつ以来か、思い出すことさえできなかった。荷が重くもあり、恨めしくもあった。そんな気持ちに引っ張られるように、担任の言うままに願書を書いて、面接の日を迎えた。

学校前の道路はたくさんの自家用車で混雑していた。ダユンと同じ年頃の生徒たちがぞろぞろと車から降りた。だいたいは一人だったが、友だち同士で腕を組んだり手をつないで一緒に校門に入る子たちもいた。ほとんどの子の表情は明るく、元気よく歩いているのが意外だったが、期待と緊張が子どもたちを興奮させているのか、行動が少し大げさでぎこちない感じもした。

入室時間は八時三〇分まで。今、このまま行けば八時ちょっと過ぎに控室に入れるだろうか。その時、ポケットに入れたケータイがぶるぶる震えた。

「ダジョンの具合がすごく悪いの。この前のあの救急センター」

お母さんからのメール。ダジョンは定期的に通っている病院があって、具合が悪くなった時はそれとは別にまた予約して行くのだが、緊急の場合はたまに救急センターに駆け込むこともある。ダユンがその場に立ち止まってメッセージをのぞいていると、聞いたことがあるような女性の声がした。

「お姉ちゃん！　お姉ちゃん！」

ダユンはあたりをきょろきょろ見回した。自動車のことをよく知らないダユンから見てもかなり古いモデルの、でもきれいに磨かれて輝く白い自家用車の運転席から腕がにゅっと出てきた。

「リム！　リム、ファイト！」

ダユンの一歩前を歩いていた一人の女の子が、自家用車の方を向いて手を振った。

あの子の名前は何だろう。ヘリム？　ミリム？　ユリム？　ダユンのお母さんも、ダユンをユンと呼んでいた。昔の話だ。

ダユンは通話ボタンを押して、お母さんが電話に出る前に切り、ひとまず地下鉄の駅に走った。急いで改札を通ってホームに着くと、ちょうどそこに電車がすべるように入ってきた。すぐに席が空いたが、座りたくなかった。立ったままでもうすぐ病院のある駅に着くという時、お母さんから電話がかかってきた。

——電話した？　無事に着いた？　面接はまだでしょ？

「どこ？」

——どこって。家だよ。どうして？

「ダジョンは？」

——学校行ったよ。どうしたの急に？　何かあった？

「お母さんが私にメールくれたじゃない」

――メール？　何のメール？

「メール、さっき送らなかった？」

――何言ってるの？　何かあったの、ダユン？

「あ……いや。あとで電話する」

八時五〇分、もう一度学校に戻ったら多分九時三〇分頃？　控室のドアは閉まっているだろうし、面接はもう始まっているだろう。次の駅で降りた。反対方向の地下鉄に乗り換えて再び面接会場に向かった。でもその駅で降りなかった。そのまま終点まで行って、駅前のロッテリアでしばらくぼおっと座ってから、また地下鉄に乗って家に戻った。

ダジョンは食卓に座って本を読んでいた。お母さんがその横について座って、ミカンの房の白い筋まで一本一本取ってダジョンの口に持っていくと、ダジョンは本から目を離さずに、口だけ開けてお母さんがくれるままに食べていた。面接はうまくいったのかというお母さんの質問に、ダユンはいや、と短く答えて口をつぐんでしまった。バスルーム[13]を行ったり来たりするダユンをちらちら見る目は質問でいっぱいだったが、お母さんは何も聞かなかった。

ダユンは夕食も食べずに部屋に閉じこもった。ハロウィンの時にウンジにもらったカラーリングブック（ぬりえ）を久しぶりに取り出した。

十月最後の日、ウンジとソラン、ヘイン、ダユンはそれぞれの塾に別れる前、ちょっとだけ学校前のコンビニの椅子に座っていた。頬に骸骨を描いたちびっ子が二人通り過ぎた。続いて、黒いマントや、尖った帽子、悪魔の角《つの》のヘアバンドを着けた子どもたちがどやどやと建物から出てきた。じっと子どもたちを見ていたダユンが言った。

「ああ、今日ハロウィンかあ。小学生の頃は、ハロウィンの時ホントによく遊んだよ」

クリスマスよりハロウィンの思い出のほうが多い。クリスマスは休日だから友だちにも会わないし、サンタクロースを信じなくなってからは楽しみな日ではなくなった。代わりに、ハロウィンの日は英語塾でパーティーをした。幼児クラスの時は先生と近くの商店街を回って飴《あめ》をもらったし、小学生クラスの時は単語テストで貯めたポイントでちょっとした学用品やおやつを買ったり、先生たちが作るトッポッキ（棒状の餅を甘辛いたれで炒めて煮込んだ料理）を買って食べたり、フェイスペインティングをしたりした。

「トリック・オア・トリート」

ウンジが突然、ヘインに向かって聞いた。

「なんか言ってるよ」

ヘインは軽く無視してやり過ごした。その時ダユンが、私たちだけでもイベントをしようと言い出し、ウンジが何の役にも立たない物をプレゼントし合おうと提案した。

一週間後、ダユンはヘインに男性用のトランクスを贈り、変態との評価を受けた。ヘインは、ソランに子ども向けの英語テープを渡し、実はテープに録音されているのは英語ではない、聴いたらびっくりすると付け加えた。ソランはテープをどこで聴けるかむきになって検索しまくった。ソランがウンジにＢＴＳ（男性ヒップホップグループ。世界中に熱狂的なファンをもつ）のＴマネーカード（韓国の交通系ＩＣカード）をプレゼントすると、ヘインが大声を上げてプレゼントを取り換えようと飛び跳ねた。ウンジには必要ないが、アーミー（ＢＴＳのファンのこと）のヘインには必要なものなので、プレゼントの取り換えは許可されなかった。取り換えに一番強く反対していたダユンが聞いた。

「イ・ヘイン、あんたみたいな何にでも斜に構える子が、どうして一生一度も会えそうもない芸能人にそんなに夢中になってるの？」

「一生一度も会えそうもないからだよ。ごちゃごちゃと面倒くさいこともないし、どんなにいいか」

「その気持ちの半分でも、そばにいる私たちに見せてみなよ」

「やだよ。ごちゃごちゃするから」

「ホントにもう」

その日、ウンジがダユンにカラーリングブックをプレゼントした。これのどこが役に立たないんだと、イベントの趣旨に合わないとみんな難癖をつけたが、ダユンは絵を描く趣味がないからと言ってプレゼントを受け取った。

ピンクと赤、黄色の三色の色鉛筆で、雌しべと雄しべを全部見せるようにぱあっと開いた花びらに陰影をつけながら塗った。最後に雌しべの先に、大切な金色で点を打っていると、鉛筆の芯がぽきっと折れた。芯が出すぎるほど鉛筆を削ったわけでもなく、いつもより力を強く入れたわけでもなかった。ただそうなった。不注意ではなかったし、軽率でもなかったのに壊れることがある。こんな時、ほとんどの人は「運がなかった」と言う。

担任と相談室に行っていたダユンは、一時間目の授業が始まってから静かに後ろのドアを開けて教室に入ってきた。みんな好奇心に満ちた目でダユンを振り返った。ダユンの隣の席の子が小さい声で何だったの?と聞いたが、ダユンは首を横に振っただけだった。ダユンのすぐ隣の列の、狭い通路を挟んですぐ横に並んで座っているソランは、顔をまっすぐに上げて先生だけを見ていた。

休み時間になって何人かの子たちがダユンのそばに集まると、ソランはパーカーを脱ぎ、頭にかぶって机にうつぶせになった。腕を頭の上に上げた姿勢をとると、シャツの裾がジャージパンツより少し上に上がった。男子生徒の一人が、無理やりソランの席の後ろを通り抜けようとソランの椅子を足で軽く押し、ソランはうつぶせの姿勢のまま、足の裏とお尻に力を入れて椅子を前に引いた。

男子生徒はわざとゆっくりとソランの後ろを通ってくすくす笑った。ようやく意図に気付いたソランが椅子を押しのけてばっと立ち上がった。男子生徒はソランの椅子と後ろの席の机と一緒に、どしんばたんとけたたましい音を立てて倒れた。それでもソランに向かってにやにや笑っている。

「ああ、くそっ、むかつく」

ソランはパーカーを男子生徒の顔に投げつけて教室を出て行き、男子生徒はソランの服に鼻を当ててくんくんと音を立てた。サンヒョクがつかつかと歩いてくると、服を奪ってソランの机に置き、男子生徒の足を蹴った。

「いい加減にしろよ、この変態野郎」

すぐ横で騒動が起きているのに、ダユンはぎこちないほどそちらに目を向けなかった。じっと正面のどこかを見つめていた。みんなダユンとソランの間に本当に何かあったんだなと思った。もしかするとサンヒョクまでも。

サンヒョクは、ダユンの最後の彼氏だった。三年生になる直前に別れた。なんと五カ月も付き合ったので、一番長い間ダユンの彼氏だったと言える。と言っても、一年生の時に二カ月付き合って別れて、二年生の終わりにまた付き合っている間には長い長い冬休みがあったので、実際に付き合った期間は二カ月プラス一カ月ほどだ。

一年生の時、付き合おうと先に言ったのもサンヒョクで、別れた後、ダユンが数え切れないほど彼氏をとっかえひっかえするのを見ていて、空白を狙ってもう一度付き合おうと言ったのもサンヒョクだった。しかし結局最後の別れの通告を受けた。ダユンがもう私たちも高校に行く準備をしないと……まで言った時、サンヒョクは諦めたという顔で、わかった、わかったと言って手を振った。

「気が変わって誰かと付き合いたくなったら、僕に連絡して」

ダユンはいつも腰をまっすぐに伸ばして座る。生徒たちのほとんどが前かがみに机に半分うつぶせになっている教室で、ダユンは目立つ子だった。一見朗らかすぎるほどなのに、慎重さと迷いが堂々とした態度の中にちらちら感じられる。もちろんダユンがシニョンジン中学の最多恋愛経験保持者になったのには、このような感じの良さとギャップの魅力だけが作用したのではない。告白を快く受け入れてくれるからだった。

中学に入学してすぐに付き合ったダユンの最初の彼氏は、通路を挟んで隣に座った男子生徒だった。その子は先生が教室に入ってから慌てて授業の準備をして、教科書を通路に、筆箱を自分の机の下に落とした。ダユンは、床に落ちた教科書を拾って、その子の机の上に置いた。男子生徒はありがとうと言いたくてダユンをちらちら見て機会をうかがっていたが、いざ目が合うと言葉が出なかった。授業を聞かずに自分のほうばかり気にしているその子に、ダユンが小さく言った。

「前、見なよ」

その姿に惚《ほ》れてしまった男子生徒がダユンに告白し、ダユンは快く受け入れた。ダユンは、下校する時に待っていてくれる人がいる、塾の授業の合間にカカオトーク（無料通話・チャットアプリ）を送り合う人がいる、自分に会いたがり手を握りたがる人がいるというのが嬉しくてたまらなかった。でも、その感情は一カ月と続かなかった。すぐに退屈になり面倒くさくなって別れ、その後他の男の子が告白すると、また快く受け入れた。そんなことが繰り返された。

二年生の時、ソランとダユンは同じクラスになった。ある休み時間、ソランは椅子に寝そべるようにもたれて座り、ケータイを見ていた。ときどき窓の外にも目をやって、騒がしく遊び回っている子たちの様子を見ていた。

前の席のダユンと彼氏は向かい合って手を握っていた。何も言わずににこにこ見つめ合っている二人を見て、ソランは、何日続くことか、ちょっと嘆かわしいと思った。その時、二人が突然チュッとキスをした。

シニョンジン中学の教室には、恋愛する子、化粧する子、タバコを吸う子、授業を聞かない子、勉強ができる子、学級委員などいろんな子がいるが、それぞれが違う子たちというわけではない。恋愛しながら勉強もでき、学級委員なのにタバコを吸い、授業を聞かないのに勉強はよくできる。大人たちは色分けしようとするが、子どもたちはそんなに単純に枠に収まっていない。それはわかっていても、ソランはダユンの行動に戸惑った。その時、ソランの隣の席の子がひと言言った。

「この狂った奴らめ。いちゃつくのは家に帰ってやれよ！」

ダユンが振り向いてにっこり笑った。

「私たち家がないから」

隣の子は、はあと短いため息をついてつぶやいた。

「キム・ダユンがもったいない、毎度毎度もったいない」

ソランはダユンの歴代彼氏たちを思い浮かべてみた。これといった子は別にいなかった。存在感のない子たち、ぱっとしない子たち、魅力のない子たち。ただ一人悪くなかったのはサンヒョクだけだ。サンヒョクはいやらしい言葉を使わず、列に正しく並び、筆箱には必要な学用品がちゃんと揃っていて、服をきちんと着て、かばんの角《かど》と上履きの先っぽが汚れていない。ダユンは、サンヒョクはトイレに行った時石鹼《せっけん》で手を洗うと言った。

「どうしてそれがわかるの？」

ウンジが意地悪っぽく笑いながら聞くと、ダユンは遠くを見るような目で答えた。

「手から石鹼の匂いがしたんだ」

そして、姿勢を正して座って付け加えた。

「私は男のことを少しは知ってるけど、石鹼の匂いのする男は悪くない男だよ。私、石鹼で手を洗う男の子、初めて見た。手を洗うこと自体珍しいのに」

「それは当たり前のことで、それで悪くないとは言えないよ。ホント、男を見る目がないんだから。手を洗うから何だっていうの」

ヘインが首を横に振りながら呆《あき》れた。

ソランは、サンヒョクは悪くないよと思った。サンヒョクとは小学校六年の時同じクラスだった。その時もサンヒョクは今の長所を全部持っていたが、時間が経つにつれてアップグレードされた感じがする。そう思っているだけのことだ。でもあり得ないことに、ソランがサンヒョクを好きだという噂《うわさ》が出回っているようだった。

最初は笑ってしまった。私がサンヒョクを好きだって？　ダユンじゃあるまいし。みんな勝手に決めつけるんだから。でも噂は消えなかった。ソランはサンヒョクが好きなことは好きだった。でも、この好きの感情とその好きの感情は、同じ感情なのか。

ダユンのお母さんはメールを送っていないのに、ダユンにお母さんのメールが届いた。夜ダジョンが寝たあと、インスタントコーヒーとハトムギ茶、小さな袋菓子、ダジョンの薬、各種栄養剤が所狭しと置かれて余計に小さく見える四人用の食卓に、眠れない家族三人が集まった。両親の向かいに座ったので、ダユンは何だか叱られるような気分だった。お母さんがコップに水を入れて、ダユンの隣の席に来て座った。

「お父さん、誰かに恨まれるようなことしてない？」

「僕が恨みに思ってることならいっぱいあるよ」

「冗談？」

「冗談じゃないよ」

お母さんは冷たい水を一息に飲んだ。

「私、通信会社と警察にちょっと問い合わせてみたの。結論から言うと、警察に正式に届け出て、捜査を依頼しなくちゃいけないんだって」

ケータイでメールの発信番号を消したり、変えたりできなくなってからずいぶん経つ。番号を変えて送ったいたずらという単純な話ではなく、誰かがお母さんの個人情報を盗用した、思ったより深刻な犯罪だそうで、だからかえってお母さんは届け出ることができなかったという。

「そのメール一通だけなんだよ。お金を要求してきたわけでもないし、脅迫してきたわけでもない。ダユン以外には家族の誰も電話やメールを受けていない。私たち家族の電話番号とか、家の事情とか、ダユンが願書を出したこと、面接を受ける日まで全部知ってる人ってことになるけど……」

興奮してだんだん早口になり、声が大きくなっていたお母さんは、はさみで文章をばっさり切り取るように、不自然に話を切った。ダユンは、お母さんの「……」の中にどんな言葉が隠れているのかわかるような気がした。お父さんがダユンに聞いた。

「ひょっとして心当たりある人いる？　最近友だちとけんかしたことある？」

ダユンは首を横に振った。

「ダユン、この前うちに訪ねてきた男の子がいるじゃない……。あ、いや」

お母さんは不用意に口に出してしまった言葉を途中で呑《の》み込み、ダユンは唇の皮をむきながらしばらく考え込んでいたが、顔を上げて尋ねた。

「でもお父さん、捕まって本当に私が知ってる子とか、同じクラスの子とかだったら、中学生でも罰せられるの？」

「刑事罰を受けないのは、多分満で十四歳までだろう。ダユンが今、満でいえば十五歳だっけ？」

「高校行けなくなるんじゃないの？」

「そこまでじゃないと思うよ。でも警察が調査はするだろうね。学校で処罰するかもしれないし」

「私、ちょっと怖いよ。知ってる子じゃないかと思う。今まで私がやってきたことも全部ばれて、何言われるかわからないよ。犯人がわかったからって、もう一度面接が受けられるわけでもないのに」

お父さんが、こぶしを握ったり開いたりを繰り返しながら唇を湿らせた。タバコを我慢している時のしぐさだ。ダユンも唇の皮をむしり続けた。長くてつらい夜だった。

さんざん悩んで何度もため息をついた末に、今回は警察に届け出るのをやめることにした。もう一度こんな事が起きたら、その時はいたずらメールが届いたのが誰であれ、どんな内容であれ、すぐ警察に届けようと決めた。そしてお母さんはケータイの番号を変えた。

学校としてはできることは何もなかった。担任も明らかにダユンの周りの誰か、もしかしたら友だち、つまりシニョンジン中学の生徒が犯人だと思ったが、だからなおのこと慎重になった。何より、当事者が問題にしようとしていないことに先生が口を出すことはできなかった。

表向きには事件は落着したが、すぐ学校中に噂が広まった。そして、子どもたちの疑いの目はソランに向けられた。ダユンと一緒にいる子。毎日一緒にいる四人のうちの一人。あの静かな子。四人の中で一番勉強ができず、一番口数が少なく、中くらいの背で、特徴のない顔で、特別な事情も目立つところもなくて誰も目に留めない子。なのにあの子、サンヒョクが好きなんだって？

ソランの話

中学校の入学式の日の朝、ソランは部屋のドアに鍵をかけて泣くばかりだった。お母さんが何度もドアを叩いてなだめたり怒ったりしたけど、お手上げだった。お父さんは合鍵でドアを開けることもできたけれど、何とか気持ちを落ち着かせてじっくり話した。

「おまえの入学式に行くために、お母さんとお父さんは今日休暇もとったんじゃないか。とりあえず出てきて話そうよ。おまえがそんなふうだったら、お父さんドアをこじ開けて入るしかないよ」

妹の反抗にも、お父さんの怒りにも、何の関心もないというように朝から食べまくっていた兄のドンジュが口をはさんだ。

「断言するけど、今そのドアを無理やり開けたら、お父さんはソランと終わりだよ」

遅刻ぎりぎりまでご飯を食べていたドンジュは、運動靴をつま先に引っ掛けて急いで玄関を出て行き、お父さんはソランの部屋のドアノブをつかんで回してみてから、居間に戻ってソファーに座った。お母さんがお父さんの横に来て座ってひそひそと、どうするの、と聞いた。お父さんはお母さんと目くばせをして、ソランの部屋に向かって大きな声で呼びかけた。

「ソラン、お母さんとお父さん映画観に行くけど、おまえも一緒に行くか?」

しばらくしてソランの部屋のドアが開いた。ソランはうつむいたまま居間を横切ってバスルームに行った。水の音がして、頭にタオルを巻いたままバスルームから出てきたソランが、両親の前に来て立った。

「入学式に行くよ」

そして小さく付け加えた。

「ごめんね。意地を張って」

お母さんがくすっと笑った。

「風邪引くよ。まず髪を乾かして服を着なさい。お母さんパンを焼くから。一枚食べてから行こう」

ソランは、小学校の友だちがタナン洞に転校していっても、寂しいと思ったのはその時だけですぐに慣れた。でも、一緒に写真を撮る仲良しが一人もいない卒業式に出るというのはまた別だった。一人捨てられた気分。たぶん入学式でも感じることになるだろう。

入学式の案内の立て札の前で、ソランがお父さんとお母さんの写真を撮ってあげた。目が腫れているから嫌だと言って、当のソランは最後まで写真を一枚も撮らなかった。

ソランは、保育園にいつも最後まで残っている二人のうちの一人だった。夜七時一〇分になると、服を全部着てかばんも背負った二人の子どもが、一階の玄関前の「くさのは組」の教室で遅番の先生と童話の本を読んだ。

一人の子は縛っているゴムひもから髪の毛が半分ほど飛び出ていて、上着の胸元と靴下にはご飯粒がいっぱいこびりつき、袖はサインペンとクレヨンでめちゃくちゃに汚れていた。もう一人の子は、まるで一日中遊びもせず、ご飯も食べず、昼寝もしなかったように、服、頭、表情まできれいだった。息せき切って走ってきた二人の母親は、いつももう一人の子が不思議だった。めちゃくちゃな子はソランで、きれいな子はジアだった。

二人の子どもは、一人残されるのではないかと不安で、仲が良くなかった。遅く来たお母さんの髪をいきなりかきむしって泣いたり、先に教室を出て行く子の頭を後ろから一発叩いたりした。ある日、先生に頭を下げて挨拶《あいさつ》をして、顔を上げるソランのお母さんの目にジアが入った。正しい姿勢で座って童話の本を逆さに持っていた。

「ねえ、もうちょっといて、お友だちと一緒に帰ろうか？」

しばらく怪訝《けげん》な顔でお母さんを見上げていたソランが、恐る恐るジアの横に行って座った。

二人の子どもは、顔を寄せ合って深刻な表情で逆さまの童話の本を見た。その日から、ソランとジアは母親が二人とも迎えに来るまで一緒に遊んでから、手をつないで保育園を出た。同じ小学校に通い、同じ塾に通った。しょっちゅうけんかした。ソランは事あるごとにジアと比較され、ジアが憎らしくなったり、全然勉強できなかったと言いながら毎回試験でいい点数を取るジアにだまされた気分になったりもした。互いに傷つけ合い、その感情をなだめ合いながら一緒に育った。

五年生の冬休み、二人は同じ建物にある数学塾と英語塾で、続けて一日四時間授業を受けた。塾の進度はすでに中学一年生の課程を終えるところだった。休みといっても両親は出勤なので、一日中子どもだけで家にいるというわけにもいかず、塾に通っていただけなのだが、こちらの事情にはお構いなしに授業内容ばかりがどんどん先に進んだ。ソランは半分くらいは理解できず、半分の半分くらいは別のことを考えて聞き流し、半分の半分くらいを理解した。わからない話を何時間も聞いていたので、すごく疲れた。

ソランはシャトルバスに乗るとすぐに、窓に頭をもたれて目を閉じた。バスがガタガタ揺れながらしばらく走る間、ジアは隣の席にじっと座っていた。ソランが目を開けた時、もうバスはジアの家のある団地を通り過ぎていた。

「あんたん家《ち》過ぎたよ」

「あなたの家のそばの商店街でアイスクリーム食べて行かない？」

「寒くない？」

「じゃあトッポッキ？」

「ううん、アイスクリーム」

アイスクリームをほとんど食べ終わる頃、ジアはガラスボウルの底に残ったクリームをスプーンでかき寄せながら言った。

「私、引っ越すの」

ジアはうつむいたまま、ボウルから目を離さなかった。ソランもスプーンでボウルの底をすくった。スプーンの中に溶けたアイスクリームが入っては、するっと流れ出るのを繰り返した。

「いつ？」

「春休み」

「転校もするの？」

「うん」

ジアは長いため息をついた。

「塾はこれからもずっと通う。あなたも塾を移らないで、ね？」

塾はタナン洞にある。塾は続けると言うところをみると、ジアもタナン洞に引っ越すんだろう。塾の時間の前後にトッポッキを買って食べ、コンビニでカップラーメンとおにぎりも買って食べ、たまに遊び場でブランコに乗ったりしたのは、みんなシニョンジンでやったことだ。

シャトルバスに乗って塾に行き、授業を受けてからまたシャトルに乗ってシニョンジンに帰る生活だった。だからシャトルの窓越しに見える街、塾の窓から見える建物が、ソランが知っているタナン洞のすべてだ。テレビ画面や額縁の中の風景のようにしか感じられなかった。しかし、ソランと目を合わせ、手をつなぎ、話をし、遊び、けんかした友だちが一人二人と、その風景の中に入っていった。

「引っ越したくない、転校もしたくないって、お母さんと大げんかしたんだ。ひと月以上口もきかなかった。でも、引っ越す家も決めて、転校手続きも済んだんだって。私にはどうにもできないよ」

ソランはただ黙って聞いていた。ジアは涙声になり、ソランも泣きたかったけれど泣かなかった。遠くなるだろう。一緒に登下校もしないし、一緒にシャトルにも乗らないし、暇な時買い食いしたりもしないのだから。いくら同じ塾に通うといっても、すぐにぎこちなくなってしまうだろう。

その時、ジアのお母さんから電話がかかってきた。ジアは、授業はちゃんと受けて、今、ソランとアイスクリームを食べているんだけど、ちょっと寄り道してから家に帰ると答えた。お母さんがどこに行くのか、どれくらいかかるのか聞いているようだった。ジアがいらいらした声で、お母さんは知らなくていいよ、すぐ帰るよ、と言った。ソランはジアに他に用事があるのだろうと思った。

アイスクリーム屋を出ると雪がちらつき始めた。小さな動物の毛のようにやわらかい雪のかけらが、風に吹かれて四方に飛び散っていた。ソランがジャケットのフードをかぶり、ジアは赤く充血した目でにっこり笑って、ソランのまねをしてフードを頭にかぶった。ジアはソランの手を取って指を絡《から》めて言った。

「一緒に行きたいところがあるの」

ソランはジアに右手を握られたまま、ジアが行くままに黙ってついて行った。団地を出て、大通りを渡って、小さな公園を横切って、町内で一番古いアパートの入口に入っていく間に、雪が次第に強くなった。ソランはジアの目的地がわかった。

〈子どもの夢が育つ場所、大きな愛保育園《クンサラン》〉

看板の下に立つと、ソランはこらえていた涙が溢れ出た。ジアはうずくまって、膝の間に顔を埋めてわあわあ泣いた。やっと気持ちを落ち着かせたジアが聞いた。

「覚えてる?」

ソランは首を横に振った。

「実は私もよく思い出せないの」

すごく急な下り坂と記憶していたのに、五年ぶりに歩いてみるとほとんど坂道とは呼べないほどだった。大きな雪片が落ちてきて、二人の子どもの頭と肩とかばんにこんもり積もった。

一度も見たことのない景色が、ソランの頭にすごく鮮明に浮かんだ。太陽はもう地面の中に吸い込まれて、低い空には赤黒い夕焼けがわずかに残り、その下を短いふくらはぎを見せて二人の子どもが歩いている。力を入れてしっかり握った小さな手。あなたがいて良かった。

ソランはソウルに、正確にはタナン洞に引っ越そうと両親にせがんだ。もともとドンジュが中学生になってから、お母さんがしばらく悩んでいた問題だ。以前は、ソランのお母さんは入試の成績が良い学校や塾がたくさんある町を求めて、シニョンジンを離れる隣人たちが理解できなかった。どこに住もうが自分の努力次第だと思っていた。でもドンジュがだんだん家庭だけではどうしようもなくなった。小学校の時までは確かに勉強ができたのに、中学校に入ると学校の授業にもついていけなくなった。

「おまえができないだけなの？　授業が難しすぎるの？」

ドンジュは自分だけの問題ではないと思うと答えた。理解しているかどうかはともかく、先生のほうを見て授業を聞いている友だちはクラスの半分もいないと言う。お母さんは大きな衝撃を受けた。

「それじゃ授業を聞いてない子たちは何してるの？」

「机に伏せて寝たり、こっそり塾の宿題をしたり、ほとんどの子はただ窓の外とかを見ながらぼおっとしてるよ」

「それで先生、怒らないの？」

「騒いだり、堂々と他の本を出して読んだり、何か食べたりとかでもなければ何も言わないよ。授業を邪魔してるわけでもないのに、それが怒ることなの？」

「生徒が授業を聞いてないのに、それが怒ることじゃないの？」

ドンジュはお母さんの理屈が理解できないというように首をかしげた。

翌日お母さんは、ドンジュと同年代の姉妹を育てているタナン洞に住む会社の同僚にドンジュが言っていた話をした。同僚は飲んでいたコーヒーをひと口で飲み干したあと、用意してきたかのようにしゃべりだした。

「塾で先行[14]を選んだ子たちに対する一番大きな偏見が何かわかる？　学校の授業は聞かなく

なるということよ。でも、子どもたちが方程式やら関数やらを、ああ、すごく知りたいと思って勉強してると思う？　ただ何となくやってるんだよ。勉強っていうのは習慣であり、態度なのよ。いったん身につけば、塾だろうが学校だろうが授業をよく聞いて、問題を一生懸命解いて、覚えなきゃいけないことをきっちり覚えるようになるんだよ」

　同僚は、学校の雰囲気がいかに重要かについて、さらに話し続けた。学校と教師の力量と情熱とノウハウによって、入試の成績がどれほど変わってくるのか、具体的な事例を挙げて教えてくれた。

　その夜、お母さんは眠れなかった。転校するのは難しいので、ドンジュの塾を変えることにした。ドンジュは生まれて初めて徹夜の一夜漬けというのをしてなんとかテストに受かり、タナン洞の有名な塾に入った。そして、どうしてお兄ちゃんだけいい塾に行くのかとうるさく騒ぐソランと、友だちがすることは何でも一緒にしないと気が済まないジアまで、タナン洞の塾に通うことになった。

　その時から、子どもたちは一日のうち、丸一時間を塾のシャトルバスで過ごした。タナン洞の塾に通い始めると、ソランは夜九時になると眠りに落ちて、お父さんの顔も見られない日が多くなった。兄妹の塾の費用は二倍近く増えたが、成績は上がらなかった。

　初めからタナン洞に引っ越していたら、子どもたちの成績は上がっただろうか。地元の塾に通い続けたほうがかえって良かっただろうか。お母さんが後悔している間に、ドンジュは寂しくて憂鬱な毎日を送る高校生になり、ソランはタナン洞に引っ越そうとせがむ六年生になった。

「十月前に引っ越せばいいんだって。タナン洞ならどこでもいいんじゃなくて、タナン中学のある第一団地か第二団地に。そうすれば、ジアと同じ中学に割り当ててもらえる」

今住んでいる家を売りに出して、タナン洞で家を探して、おそらくローンを組まなければならないから銀行も回って、引っ越しセンターや内装業者も決めて予約して、ソランの転校手続きをして……。お母さんは複雑なすべての過程を、ソランのように「引っ越し」というひと言で片付けることができなかった。

「おまえはこの間までジアとあんなにけんかしてすねて泣いて、もう二度と遊ばない、塾を他のところに移してほしいって大騒ぎしてたのに、どうして急にジアと同じ中学に行くって大騒ぎしてるの？」

「仲がいいからけんかするのよ。知らなかったの？　お母さん友だちいないんだね」

お母さんは悩んだ末、団地商店街の不動産屋に頼んで家を売りに出した。でも、春の花が落ち、新緑の葉が色を増してきても、ソランの家は売れなかった。

ソランは新しいクラスで新しい友だちを作った。朝になると当たり前のように学校に行って、下校後には自分でおやつを食べて、時間になると塾に行き、宿題もしてゲームもして両親の帰宅を待った。ずっと平均的な身長と体重で、大きな病気もせず元気に過ごした。しかし、家族は何だか落ち着かない気分だった。家を売りに出してから、シニョンジンでの生活が仮住まいのように、あるいはもう引っ越しが決まって、残りの日々を過ごしているかのように感じられた。

二学期になると、お母さんは引っ越しを諦めようと言った。ジアとは今までのように同じ塾に通って仲良くすればいいでしょと、ソランを説得した。

「家が売れないんだよ。最近、景気も良くないし、不動産も良くない。ソウルからいくら近いとはいってもここはソウルじゃないし、だからこの町の家は全然売れないの」

「じゃあジアはなんで引っ越せたの？　家が全然売れないのに、ジアの家はどうして売れたの？」

「ジアのところはもともとタナン洞にもう一つ家があったの。こっちの家はチョンセ[15]で貸して、タナン洞の家に住むことにしたんだよ。チョンセの家は足りなくて引っ張りだこなんだ。まあ、おまえは聞いてもわからないよ。友だちのあとを追って引っ越したいとか気安くねだれていいねえ、おまえは」

じっと聞いていたソランがぶすっとして言った。

「気安くなんかないよ、私だって。駄々をこねたいわけでもないし。でも駄々をこねる以外に何もできないじゃない」

そして部屋に入ってしまった。結局ソランの家族は引っ越しと転校を諦めて、古くなったバスルームをリフォームした。

住む町は別々になったが、ソランとジアは相変わらず同じ塾に通った。週末にもたびたび会ってシニョンジン地下街で服を買ったり映画を観たりした。二人が初めて一緒に観たファンタジー映画の続編を観に行くことにした。R指定の付いていない映画なんて興味もないし、前編も思い出せなかったが、幼稚だなあと一緒に馬鹿にして思いっきり笑いたかった。

ジアが午後に家族の集まりがあると言った。土曜日の朝一番の上映回を予約して、早めに会ってハンバーガーを食べた。モーニングセットのコーヒーを慣れた様子で飲むジアが、ソランはちょっと意外だった。

「あんたコーヒー飲むの?」

「眠くて」

あ。ある気付きのようなものがソランを襲った。お母さんが口癖のように、子どもはコーヒーを飲んだら眠れなくなると言うので、ソランはまだコーヒーを飲めないと思っていた。

飲んだら眠れなくなるなら、寝ちゃいけない時に飲めばいいんじゃない？　ジアが大人っぽく見えた。コーヒーを飲むからではなく、何を食べて飲むかということくらいは自分で決められるから。

コーヒーを飲んだのに、ジアは上映前の広告が放映されている時からあくびをしていた。ソランはなんとなく気が抜けた。いよいよ映画が始まって、数年の間に主人公がかなり素敵に成長していたので、ソランは体をジアの方に傾けて手で口をそっと覆ってひそひそとささやいた。

「あの子、カッコよくなったよね？」

ジアは返事がなかった。まばたきもせず憑《つ》かれたようにスクリーンだけを見ていた。面白いみたいだ。でもそんなに面白いか？　いや、私の言葉が聞こえないほど、これそんなに面白いかな？　とても小さな石ころが一つ靴の中に入ったみたいな気分だった。ソランが心の片隅がよじれたまま静かに映画を観ていると、ジアが私ちょっとトイレ、と言って身をかがめて席を外した。

ソランは狭い椅子の上であちこち体をよじらせた。ジアが遅すぎると思って、メッセージを送ろうとかばんからケータイを取り出した。思ったより時間が経っていた。ソランは背中を丸めて席を抜け出した。幸い、空席が多くて難なく通路に出ることができた。

ジアはなんで戻って来ないんだ？　何かあったのかな？　さっき食べたハンバーガーが悪かったのか？　頭の中でジアを心配する言葉をいろいろ言ってみたけれど、実はまったく本心ではなかった。ソランはジアが何かを隠していると思って悲しかったし、他でもないジアを疑っているという事実がもっと悲しかった。

暗い階段を下りて、どっしりとした上映館のドアを押した。急に明るいところに出たせいか、気持ちが複雑なせいか、視野が狭まって一瞬目の前がくらっと回った。片手を壁について立ち、息を整えてから周りを見回した。廊下の突き当たりのテーブルのところにジアが座っていた。なんで？　一体なんであそこに？

ジアは何かを一生懸命書いていた。ソランは特にこっそりというわけでもなく、かといって気付いてもらおうと合図をするのでもなく、いつもと同じ歩幅、同じ速さで歩いてジアの脇に立った。ジアは問題集を解いていた。

「何してるの？」

びっくりしたジアが慌てた拍子に、テーブルから問題集とかばんと筆箱がどさっと落ちた。シャーペン、ボールペン、蛍光ペン、色鉛筆などがころころと床を転がった。ソランは、体をかがめてジアが落としたものを拾った。後ろでジアの小さな声が聞こえた。ごめんね。ソランの肩と指がぴたりと止まった。

「あんたも拾いなよ。あんたのでしょ」

ようやくジアが椅子から降りて、床にごちゃごちゃと落ちていた筆記具や問題集やノートなどを拾ってかばんに入れ始めた。全部しまい終わって、ジアとソランはぎこちなく向き合った。ジアがケータイの画面をつけて時間を確認した。ソランはそんなジアがすごく残念で苛立《いらだ》たしかった。でも最大限心を落ち着かせて聞いた。

「何をしてたの？」

ジアはうつむいて何も言わなかった。ソランの声が甲高くなった。

「忙しいなら映画は今度にしようって言えばいいじゃん！」

ジアは空気が抜けるようにフッと虚《うつ》ろに笑った。

「今度も忙しいの、ソラン」

ソランはジアの言葉を理解できなかった。それ以上怒ることも、心を静めることもできずに、面食らって立っているソランの肩から、落ちた髪の毛をつまみ取りながらジアが付け加えた。

「私は最近いつも忙しくて、映画をゆっくり観られる今度はないの」

家族の集まりなんてものはないんだと言った。実際は塾に行くのだと。先週から土曜日の午後に数学塾のオリンピック特別講義を受け出したのだが、ジアはまだ宿題が終わっていなかった。日曜日の昼には近所の小さな図書館でボランティア活動をして、夕方には科学の個人指導を受ける。どうしてそう言わなかったのかと聞くと、ジアはもじもじしていたが、しばらくして口を開いた。

「よくわからない」

ソランは、ジアが変わったと思った。でも変わるのは当然だ。人は誰でも変わるものだし、しかも私たちは成長し続けている最中だから。私も変わっているだろう。でも今、ジアは自然な方向と速度で変わっているのだろうか？

「私すごく眠い、ソラン」

「行こう。数学塾はどこ？　連れていってあげるよ」

二人はバスの一番後ろの席に並んで座った。座った途端ジアは、ソランの肩にもたれて眠った。バスが何回か急停車したり、スピード出しすぎ防止の段差を越えてガタガタ揺れたりした時も、ジアは目を覚まさなかった。

二人はもう週末に会わなくなった。ジアは塾を移り、顔を合わせなくなって通話とメッセージの回数も自然と減った。そんなある夜、ソランが寝ようと横になるとケータイが点滅した。知らない番号だったし、すごく遅い時間だった。普段だったら当然無視してベッドの隅にケータイを放り投げておいただろうが、取り憑かれたように電話に出た。ジアのお母さんだった。

久しぶりだね。元気？　中学校はどう？　ありふれた挨拶を交わしたが、夜遅くに娘の友だちに電話して聞くほど急を要する質問ではなかった。ソランは戸惑いながら、はい、はい、まあ、と言葉を濁した。

——そう。勉強頑張ってね。いや、休み休みやりなさい。まだほんの十四歳なのに何の勉強よ。思う存分遊びなさい。ね？

ソランは知りたいことがたくさんあったが、なぜか聞くことができなかった。何か手がかりを得られるのではないかと、電話の向こうのよく聞こえもしない雑音に全神経を集中した。

——こんな遅くにごめんね。もう寝なさい。おばさん切るよ。ありがとう。

「あ、ちょっと待ってください！」

ほとんど反射的に叫んだ。この電話がジアとつながっている細い糸のように感じられ、電話を切ったら、その糸もぷつんと切れてしまいそうだった。ソランは口から出るままに聞いた。

「ジアは今寝てるんですか？」

——よくわからないわ。

あの日、映画館でジアが言った答え。ジアのお母さんが少し涙声になった。ジアが口をつぐんでしまったそうだ。発声器官に問題があるわけではなく、大きな衝撃を受けるような事故もなかった。ある水曜日の朝、お母さんに挨拶もせずに学校に行き、友だちに話しかけられてもぽかんと目を合わせるだけで、先生が出席を取る時も返事をしなかった。ジアは何もしゃべらないままご飯を食べて、学校に行って授業を受けて、塾に行って、家に帰るとまた真面目に学校の宿題と塾の宿題をして、週末になると両親と一緒にテレビを見ながらにこにこ笑ったりもするが、言葉を発しないそうだ。

ジアとジアのお母さんは、結局韓国を離れた。空港でソランに電話をしてきたのも、ジアがまた話せるようになり、そっちで学校に通うことになったと教えてくれたのも、今は旅行中だと言って素敵な日没写真を送ってくれたのも、ジアではなくジアのお母さんだった。ソランはジアのお母さんに、もう連絡しないでほしいというメッセージを送った。大人からの連絡が煩《わずら》わしいという意味に理解したのか、ジアについて知りたくないという意味に理解したのか、とにかくそれでジアとの連絡が途絶えた。

まだ夜風が涼しい五月の最後の日だった。ニュースで、その夜、ブラッドムーンが浮かぶと言っていた。満月が地球の影に完全に隠れる皆既月食があって、その時屈折した太陽光に照らされて月が赤く輝くという。この前学校で友だちが話しているのは聞いていたけれど、ソランは月食のことも月のこともすっかり忘れていた。

家族と夕飯を食べに行こうとカーディガンを羽織っていると、ベランダの洗濯物を取り込んできたお母さんが言った。

「赤い月出てるよ。今日、ブラッドムーンになるって言ってたけど、本当に月が赤いね」

「ホント？」

ソランはベランダに出た。向かいのマンション団地の上に赤い月が浮かんでいた。実際に見ると、真っ赤と言うよりはオレンジ色に近かった。ケータイを持ってきてカメラを開いた。そのまま一枚撮り、ズームアップしてもう一枚撮った。そのまま撮った写真は色が濃く鮮明だったが月が小さすぎ、ズームアップして撮った写真は色がぼやけているけれど月が大きくて神秘的だった。これがブラッドムーンか。待っていればそのうち元の黄色い月がまた現われるんだな。不思議だなと思いながら、拡大して撮った写真をカカオトークのアカウントの写真に設定した。

ちょうどテレビで月食のニュースが流れた。世界中のあちこちで月食を見るために人々が集まったという。ソウルのノウル公園に、ケニアのマガディ湖に、オーストラリアのシドニー天文台に。オーストラリアのシドニー。ジアは今シドニーにいる。ジアもあの赤い月を見ているだろうか。

あの時、どうしてあんなメッセージを送ったのか、ソランにもわからない。ジアがいつも気になるし、心配しているのに、ジアのお母さんから連絡が来ると気持ちが沈んだ。心にとても小さな傷がついた。気になるしうずくけど、だからといって病院に行ったり、薬を塗ったりするほど大怪我《けが》をしたわけでもないので、一人で我慢するしかない傷。もしかしたらジアと直接メッセージをやり取りして、電話して声を聞いて、顔を見たかったのではないかと今更ながら考えた。

生まれて初めて仲良くなった友だち、思い出せる一番昔の記憶と二番目の記憶と三番目の記憶が全部同じ人、家族以外で一番たくさん話をした人、一番多くの時間を一緒に過ごした人、一番たくさんけんかをした人、一番たくさん泣かせた人、一番好きだった人……。ジアのことを説明する表現があまりにも多く、そんな人は他にいなかった。こうやって関係が終わってしまったのは、自分にも責任があると思った。

もしジアのお母さんにメッセージを送っていなかったら、今頃ジアと電話して、お互いが住む国の時間や天気や景色について聞けただろうか。お互いの空に浮かんだ赤い月の写真を送れただろうか。ジアはあの時、なぜあんなことをしたのだろう。ジアにとって私は何だったのだろう。

近所の焼肉屋でサムギョプサル[16]を食べた。高校生になってからドンジュは、いつでもどこでも肉、肉とうるさいほど繰り返した。食べる量もだんだん多くなった。最初は一人で二人前だったが、そのうち四人前くらいは軽く食べるようになり、必ず冷麺も一緒に頼んだ。育ち盛りだから、勉強でカロリー消費が多いからと目を細めていた両親も、息子が急速に太っていくのを見て、心配し始めた。

ソランは他のことはともかく、ドンジュのお肉の食べ方がとにかく嫌だった。ドンジュはサムギョプサルをビビン冷麺の麺でくるくる巻いて食べた。

「お兄ちゃん！　お肉を先に全部食べて、それから冷麺を食べて！　なんで必ずお肉を冷麺で巻いて食べるの？」

「どうせ腹の中で混ざるんだから」

「もういや！　おじさんみたい！　満三十歳以下は冷麺で肉を巻いて食べるの禁止っていう法律を作らなきゃ。私、裁判官になるよ」

「裁判所は司法機関で、立法機関は国会だよ。法律を作りたいなら裁判官じゃなくて国会議員にならなきゃ。おまえ、もうちょっと社会の勉強したほうがいいぞ」

「ムカつく」

聞いていたお母さんが、ソランの額を軽くポンと叩いた。痛くもなかったがソランは、あ！と言って体をすくめて、しばらく額をこすった。

ドンジュはお肉でお腹を満たし、ソランは悩みを心にいっぱいに詰めたまま、並んで路地を歩いた。ソランは今夜のすべてのことが、ブラッドムーンが、家族の長くなった影が、EBS（韓国教育放送公社）で放送される青少年ドラマのエピソードみたいだと思った。EBSの青少年ドラマを見たことはない。テレビの中の睦まじい家族のよくある週末という感じがしたという意味だ。しかし、ソランはあまり幸せではなかった。今日サムギョプサルを食べたくもなかった。

路地をほとんど抜けた時だった。商店街の建物から小さな影が二つ飛び出てくるのが見えた。一つの影が先に走り、その後をもう一つの影が追いかけて走った。

「ねえ！　よこしなさいよ、イ・ヘイーン！」

イ・ヘイン？

「私をつかまえたらあげるよ！　いや、チューしてくれたらあげるよ！」

ソランはちょっと面食らって二人の子の影を見つめた。同じ場面をやはりきょとんとして見ていたドンジュが一言言った。

「あいつら二人とも女じゃないの？　女同士でチューするのか？」

「お兄ちゃんに関係ないでしょ」

一人は、ソランが知っているあのイ・ヘインのようで、もう一人も明らかに知っている声だ。イ・ヘイーン、と言って終わりの「イン」を上げるイントネーション。何度も聞いた。どこで聞いたんだっけ？　どこで聞いたんだっけ？　ソランはつらつら考えた。ウンジ！　ソン・ウンジだ！

ひと月に二回、偶数週の木曜日七時間目がクラブ活動の時間だ。すべての生徒がクラブを一つ選んで活動しなければならないのだが、男の子たちはボーリング部やビリヤード部に殺到し、女の子たちはダンス部に集まる。ソランのクラスはダンス部の希望者が多く、じゃんけんになったりもした。ソランはクラスでただ一人映画部と書いて出した。隣の席の子がソランのクラブ申し込み書をちらりと見て、ものすごい秘密みたいに、ひそひそと言った。

「去年映画部の一年生が一人だったんだけど、一人で文化祭の準備をさせられて、頭にきてクラブを変わったんだってよ」

「途中で変わることができるの？」

「事情が事情だから……変えさせてくれたみたい」

映画部の定員は三年生十人、二年生十人、一年生五人。高学年の人数が多いのは、クラブ活動の時間だけでも映画を観ながらゆっくり休みなさいという意味だとみんな思っている。今は映画を観るのが難しい時代でもないし、先輩の多いクラブが楽なはずもない。そのせいか、映画部は一年生の定員を満たせない年が多かった。

映画部の部室は別館の地下にあって、以前は科学室だったらしい。暗幕カーテンを閉めると映画館のように真っ暗になったが、幽霊とか超常現象とかの怪談は聞いたことがなく、大胆な愛情行為についての噂ばかりだった。最初のクラブ活動の時間、得体のしれない臭いが漂ってくる階段を下りながら、ソランは今年も一年生が自分だけだったらすぐに逃げ出そうと心に決めた。

出席を取る時に見たら、一年生がなんと四人だった。面白くもないし、入試の役にも立たないし、楽でもない映画部に入った子たち。ソランは他の三人が一体どんな子たちなんだろうと思って緊張した。

そのうちの二人だ。こんな夜遅くに、ソン・ウンジとイ・ヘインは学校の外で会って遊んでるのか？　二人はそんなに仲良かったのか？

ウンジとヘインが消えた路地の上にブラッドムーンが浮かんでいた。周囲が暗くなったせいか、さっきよりもっと赤く見えた。

ヘインの話

高校の願書を書いてからというもの、ヘインはよく頭が痛くなった。居間で横になっていたら、お父さんが家に誰もいないと思ったのか、玄関のチャイムも鳴らさずに、暗証番号を押してドアロックを開けて入ってきた。ヘインがいるのを見てびっくりして、塾に行かなかったのかと聞いた。

「行って来ました」

部屋から出てきた弟のサンミンを見るとまた、同じように塾に行かなかったのかと聞いた。

「僕、数学以外塾は全部やめたじゃない。お父さん知らなかったの？」

お父さんは返事をしなかった。ヘインが咎めるように弟の名前を小さな声で呼んだ。サンミンは姉をにらみながら、さっきより大きな声で言った。

「なんで？　お姉ちゃんは英語、数学、科学まで行ってるのにどうして？」

「やめなよ、イ・サンミン」

「お姉ちゃんがどうしてやめろとか言えるんだよ。自分だけは塾という塾に全部行ってるのに」

「塾に行きたくないって騒いでたのに、今になって塾に通わせてほしがるなんて馬鹿みたい。勉強できないくせに」

「知らない人が聞いたら、お姉ちゃんはものすごくできると思うだろうね。この町だから勉強ができるとか言われるけど、タナン洞に行ったら終わりだよ。身の程を知れよ」

「この町でも勉強できないおまえは黙ってな」

姉弟の声が大きくなってくると、お父さんが割り込んだ。

「ヘイン、お父さんとサンミンの夕食、まだか」

ヘインはサンミンに向かってこぶしを振りあげて見せて、口の形だけで言った。おまえ殺すぞ。サンミンは舌をぺろりと出して言った。

「飯でも作れよ、飯炊き女が」

その瞬間、ヘインはサンミンの手首を取って、黙って部屋に引っぱりこんでドアを閉めた。六年生だが体格が特に小さいサンミンをそのまま床に投げ飛ばして、胸の上に乗って首を絞めた。サンミンは顔を赤くして足をバタバタさせたが、図体の大きいヘインにかなわなかった。ヘインは手の力を緩めずに、軽蔑のまなざしで弟をにらみつけて言った。

「もう一回そう呼んだらホントに殺すよ。自分の食べるものも作れない出来損ないが」

サンミンは首を絞められながらも、ぐちぐちと言った。

「じゃあ、お父さんも出来損ないなのか？」

「当たり前だよ。ちゃんと二つの手があるのに自分の食事も作れない人間は、みんな出来損ないだよ。おまえもずっと出来損ないとして生きたくなかったら、引っ込んでないで食卓を出して、おかずを並べな」

ヘインはお母さんが冷蔵庫に入れておいたキムチチゲの鍋をガスレンジに載せた。サンミンはヘインの顔色をうかがいながら、冷蔵庫の横に立てかけてある折りたたみ式の食卓を狭い居間の真ん中に広げた。ヘインが食卓の上に布巾を投げた。サンミンは口を尖《とが》らせて食卓を拭《ふ》いた。

キムチチゲが沸き立って、ふたが熱くなった頃、テレビの横に置かれた家の電話がけたたましく振動して床に落ちた。誰がうちの電話番号を知ってるんだろう？　ヘインは驚くよりも不思議に思った。家の電話は、インターネット料金の割引きのために設置しているだけなのに。お父さんは目を閉じて壁に寄りかかって座り、サンミンはおかず入れを四つ重ねてそろそろと食卓に運んでいた。ヘインが電話に出た。

――ヘイン？　ねえ、どうするの？　あんた全部バレちゃったよ！　それにしても、あんたのお母さんはどうして電話に出ないの？　お母さん家にいるの？　あんた、第二希望はどこ書いたの？

　タナン洞に住む伯母さんだった。早口でいっぺんにたくさんの質問をするので、かえってヘインは何も答えられなかった。伯母さんが問い詰めるように再び尋ねた。

――カラム女子高に行けなかったらどうするの？　そっちの近くに行くような学校あるの？

「そうですねえ……」

　窓越しの空が朱色に染まっていた。向かいの建物のガラスに反射した日光が狭い居間の床に落ちていた。気が遠くなった。実感が湧かなくて、床をトントン踏み鳴らしてみた。

――聞いてるの？　あなた、まだ子どもなのに、どうしてそんなに落ち着き払ってるの？　じゃあ泣いてみましょうか？　ヘインが何も言わないでいると、伯母さんは、お母さんに電話があったと伝えて、と言って電話をがちゃっと切ってしまった。

　ヘインが物心ついた時から、お父さんは中国に美容関連の商品を輸出する仕事をしていた。ボトックス、フィラーから脂肪溶解剤[17]やダイエット補助剤まで、医薬品と医薬部外品を何でも扱った。

　おかげでお父さんは普通の父親よりアイドルについても美容についてもよく知っていた。

だからといって、お父さんがヘインやサンミンと話が合ったかといえば、そうではなかった。中国の暴力組織とつながっているとか、中国での問題行動で活動停止になったとか、芸能人についてのホントかウソかわからない噂話を延々と続けた。まったく知りたいと思わなかった。お母さんに対しても同じだった。ボトックスを打ちなさい、フィラーを入れたほうがいい、と絶えず見た目についてとやかく言った。そして言葉の最後にはいつも、最近は中国の子たちだってそんな顔で歩き回ってはいない、と付け加えた。

「やたらに人の見た目をあれこれ言わないほうがいいわよ」

お母さんが我慢に我慢を重ねたあげく言ったのに、お父さんは相変わらず何が問題なのかわからないようだった。

「そうなんだよ。だからおまえもちょっとは気をつけろよ。その肌は何だ?」

「お父さん、横にある鏡を見てみたら」

「おお、カッコいい! なんて男らしいんだ。なあ?」

韓国製品の人気が高まり、それにつれて偽物も大量に出回るようになり、品質の良い純正品だけを扱っていたお父さんの会社は、むしろ危機に直面した。お父さんは医薬品ではなく化粧品の輸出に方針を変えた。ヘインはお母さんに化粧品はもっと偽物が多いんじゃないのと聞いた。お父さんに直接聞くのが確かなんだろうけど、それはいやだった。

「初めから中国に法人を作って、そこで事業をするんだって。そうすればちょっとはましみたいよ」

「中国で？　じゃあ私たち中国に行くの？」

「いや、お父さんが今までよりしょっちゅう中国に行くのよ」

ヘインはそれも悪くないと思った。お父さんは、現地の責任者に会う、契約書を作る、事務室と倉庫を借りると言って忙しくしていて、ヘインの小学校の卒業式にも来られなかった。ところが共同代表になる予定だった同胞二世の事業家が、お父さんの投資資金を全部持っていなくなった。彼はお父さんと十年以上の付き合いだった。

お父さんの、実際には家族の、厳密に言えば家族の未来と安定と幸福を担保に借りたすべてのものがなくなった。お父さんは、丸々一カ月、中国に留まってその人を探したが、なんの成果もなく帰ってきた。

「広すぎる。国土が広すぎだよ。それが全部チャンスだお金だと思って浮かれていたけど、迷宮で泥沼で地獄だったよ」

午前中だけお父さんの事務所を手伝っていたお母さんは、新しい仕事を見つけた。平日には朝早くから地下鉄の駅の構内にあるキムパプ屋でキムパプを巻き、昼からは近くの大型スーパーでレジ係として働き、週末には車で一〇分の距離にある精肉食堂（肉屋に併設している食堂）で皿洗いをした。朝ご飯を用意し、夕食のチゲを作って冷蔵庫に入れておき、一番先に家を出た。一日中慣れない仕事をしたあとも、家に帰ると家中を掃除して、ボランティアをしていた町の図書館で借りた本を読んでから眠りについた。ヘインはお母さんを手伝いたかったけれど、お母さんは目の前の仕事を何でもてきぱきと片付けてしまった。

ヘインが中学に入学して間もなく、家族は元々住んでいたマンションの向かいの古いアパートに引っ越した。新しい家は、ソファーとテーブルを置くことができないのはもちろん、四人家族が食卓を囲んで座るのにも狭い居間兼キッチンを真ん中にはさんで、二つの部屋が向かい合っている。トイレ兼シャワー室は奥の部屋からしか行けない。家中のドアは、どれもスムーズに開け閉めできなかった。両親とサンミンが一緒に使う奥の部屋の窓の前にサンミンの机が置かれると、サンミンは大きな音を立ててドアを閉めてトイレに入り、家中に響くほどわんわん泣いた。机の下に足を入れて寝なければならないけれど、それでも一人で部屋を使えるということにヘインは感謝しなければならなかった。

家はなかなか片付かなかった。家具と服と本と寝具と細々《こまごま》とした所帯道具は、いくら捨てて、重ねて、詰め込んでも、半分より小さくなった家に入りきらなかった。日が暮れて辺りが暗くなる頃、引っ越しセンターの作業員は居間に荷物の箱を山積みにしたまま帰ってしまった。お父さんは契約違反だと叫んで床をドンドンと踏み鳴らし、箱を投げて怒ったが、その相手はすでにいなかった。怒りのとばっちりをもろに受けたのは家族だった。

真夜中になってから、やっと四人が横になって寝る空間ができた。ヘインは体が溶け出したみたいで、まだほこりが白く積もった机にべたっと突っ伏してしまった。一日中まったく座ることもできずに荷物を運んだので、体中が痛かった。体の痛みが心の痛みより耐え難いということを初めて知った。ヘインはこの苦痛を生々しく記録しておきたかった。涙がこぼれるのを我慢しながら日記帳を探したが、かばんと机の引き出しと本の山をいくら探しても、日記帳は見当たらなかった。

ウンジにもらったきれいなダイアリーノートに日記を書いたことがある。最近は普通のノートに書いている。表紙に「数学」と書いて本棚に他のノートと並べて置いた。引っ越す時、ヘインは本を六つの段ボール箱に分けて持ってきたが、置く場所がなくて四箱を捨て、一つはベランダの隅にほかの荷物と一緒に積んでおき、毎日読む本と問題集とノートと、おそらく「数学」ノートが入っているはずの段ボール箱一つだけをヘインの部屋に入れた。ところが、その中に「数学」ノートがなかった。本とノートを一冊一冊調べて、もう一度逆順に一冊一冊確認したが、確かになかった。

ヘインはベランダに出て本の箱を探し始めた。黄色いテープでぴっちり閉じられていい加減に積まれていた箱が崩れ、箱の中で何かが割れてめちゃくちゃに壊れる音がした。いつこすったのか、ヘインの腕から血が流れていた。似たり寄ったりの段ボール箱と、どれも同じ黄色いテープ。ヘインが必死になってテープをはがしていると、じっと見ていたお母さんが言った。

「おまえ、どうしたの？」

「数学のノート探してるの」

「腕から血が出てるのわかってる？」

ヘインは、自分が引っかき回して立てたほこりで目がちくちくして、くしゃみが出た。五回くらい続けざまにくしゃみをしたら、鼻先がじいんとして涙がたまった。そして、ぽたっと一滴落ちたと思ったら、次の瞬間、手の施しようもなくなった。流れる涙を汚い手の甲で拭いながら大声でわめいた。

「あのノートだけ、ないじゃない！　いくら探してもないじゃない！　一体どれが本の箱なのかもわからないし！　なくなったらどうするの？　知らずに捨てちゃったらどうするのよ？」

「それがそんなに泣き叫ぶほど重要なノートなの？」

「泣き叫ぶほど重要だよ」

「泣き叫ぶ口実が欲しいだけじゃなくて？」

ぐっと言葉に詰まった。もう泣き止みたいのに、思うようにならず、ヘインはベランダの荷物の山の中で泣き続けた。お母さんが手を差し出して、救助するようにヘインをベランダから引き入れた。

「他に口実を探すことはない。今、私たちは確かに涙が出る状況だよ。だから、泣きたいならただ泣きなさい」

そう言われてかえって涙が止まった。ヘインはお母さんに、ウンジの家に行って寝たいと言った。


「聞いてもいい？」

ベッドを空けたまま、床に布団を敷いて二人並んで横になってウンジが言った。ヘインは一日中疲れて、泣いて、温かいシャワーを浴びて横になったので、体と心の緊張が解けて朦《もう》朧《ろう》としてきた。一日の間に起こったすべてのことが夢のようだった。何もかも吐き出してしまいたかったが、眠気が襲ってきた。だんだん重くなってくるまぶたを無理矢理持ち上げて、ヘインは返事の代わりに別のことを言った。

「あんたん家《ち》は本当に不思議だね。こんな夜遅くに急に泊まらせて欲しいと言ってるのに、とやかく言う人は誰もいないんだね。あんたのお母さんは私を迎えに来てくれるし、おばあさんは、ヘインは夕飯を食べたのかって。家に何があったのとか、どうして引っ越したのとか、髪や服はなんでぐちゃぐちゃなのとか、普通はそういうのやたら根掘り葉掘り聞くもんでしょ」

「だから私が聞いてるじゃない」

「聞いたんじゃなくて、聞いてもいいかって聞いただけでしょ」

「まあね。聞いてもいいかって聞いたよね。とにかく私は聞いたことは聞いたよ」

ヘインがにやりと笑って長いあくびをして、寝言のようにつぶやいた。

「だからそういうところ、あんたのおばあさんにあんたのお母さんが似て、そしてウンジ、あんたがまた似たみたいだね」

「そういうところって何？」

ヘインは眠っているふりをして答えなかった。どっと疲れも出たし、実際に眠くもなった。

中学校にはどうにか慣れた。同じ小学校から来た子が多く、ウンジもいる。ウンジと同じクラブに入りたくて、人気《にんき》のない映画部と書いた。映画をやっている間寝られるのはいいけれど、秋に文化祭の準備をすることを考えると、気が遠くなった。残りの一年生二人も気に入らなかった。一人は何が嬉しいのかずっとにこにこしているし、もう一人は何が気に食わないのかずっと膨れている。まあ、あの子たちと仲良くなろうというのでもないから。ヘインは、あとは新しい家にさえ慣れればいいんだと考えているうちに眠りに落ちた。

ヘインは金曜日の夜から週末いっぱいウンジのところで過ごした。一日三食きちんきちんとウンジのおばあさんが作ってくれるご飯を食べて、ウンジと並んで流し台に立って、泡でふざけながら皿洗いをし、ウンジのお母さんも入れて四人が居間のテーブルに集まって座り、爪にマニキュアを塗って遊んだ。

夕食を食べている時、ウンジのお母さんがヘインをじっと見て言った。

「楽にしていいのよ」

「楽にしてますよ」

「ブラジャーしてご飯を食べるの苦しくない？　自分の家にいるようにしたら」

ウンジもウンジのお母さんとおばあさんも、ブラジャーをしない。実はヘインはウンジのところへ来ると、目をどこにやったらいいのか戸惑った。ヘインは家でご飯を食べる時も、一人で部屋にいる時も、さらには寝る時もずっとブラジャーをしている。ヘインのお母さんもそうだ。気にしだしたら、ヘインは胸が苦しくて息が荒くなった。ご飯を食べている途中でウンジの部屋に行ってブラジャーを外した。ヘインは少し顔を赤くして、また食卓に座った。でも、ウンジの家族は何の関心も示さなかった。その夜、ヘインはご飯を二杯食べた。

日曜日の夜、ウンジのお母さんが車でヘインを家まで送ってくれた。ウンジは車の窓を開け、手を振って言った。

「カカオトークするね」

ウンジのお母さんの車がまだ路地を抜けないうちに、ウンジからカカオトークが来た。部屋の整理が済んだら招待して、とのこと。ヘインは絶対にこの家を見せたくなかったが、ウンジが先にそう言ってくれて嬉しかった。


引っ越してから、ヘインはいつも部屋のドアに鍵をかけていた。サンミンはなぜかずっとヘインに怒っているし、お父さんとお母さんはサンミンが寝たあと、居間に出てきて大声を出す日が多かった。ドアを閉めても、薄い壁越しにうんざりするような生活の雑音がそのまま聞こえてきた。それでもカチッとロックボタンを押すとその瞬間、家族と自分を隔てる防壁ができたようだった。そのあとブラジャーのホックを外し、耳にイヤホンをはめてＢＴＳを流すと、ようやく息がつけるようになった。ヘインのメロン（韓国の音楽配信サイト）のプレイリストには「ＢＴＳ－Ａサイド」と「ＢＴＳ－Ｂサイド」の二つのリストがある。Ａサイドには〈FIRE〉〈IDOL〉〈RUN〉のような心が浮き立つような曲が、Ｂサイドには〈Spring Day〉〈Save ME〉〈Whalien 52〉のような切なくなる曲が入っている。

コンサートやサイン会に行ったことはない。映画館でのコンサートのライブビューイングだけで満足しなければならなかった。それでも大きなスクリーンと鮮やかなサウンドで、同じ気持ちの観客たちと一緒に口ずさんで、拍手をして、涙を流して盛り上がれるのが嬉しかった。二時間早く行って近くのキャラクターショップでステッカーと膝掛けを買い、フォトチケット（自分で選んだ写真が映画のチケットになるサービス）もプリントした。何と言ってもヘインの一番の楽しみだ。

ケータイでBTSがリアリティ番組の撮影のために出国したという記事を読んでいると、ドアノブががたがたいった。続いて、部屋のドアをどんどんと叩く音がイヤホンを突き破って聞こえてきた。イヤホンを外した。

「ヘイン？」

お父さんの声。ヘインは急いでシャツの中に手を入れてブラジャーのホックをしてドアを開けた。お父さんは頭だけ入れて部屋を見回した。

「ドア、鍵がかかっていたよね？」

「さっき着替えてそのままになってたみたいです」

お父さんはうなずいて部屋の中に入ってきた。相変わらず疑わしげな目でヘインをじっと見ていたが、思い出したように言った。

「あっそうそう、ヘイン。カラム女子高に行きなさい。おまえは勉強だけ頑張ればいい。もう全部終わった。お父さん、例の人見つけたよ。うちの家族は伯母さんと暮らすということで住所を届けておくから、そのつもりでいなさい」

カラム女子高は、タナン洞にある地域の自私高だ。地域の自私高なので、ソウルに居住しているかソウルにある中学校を卒業する予定の生徒だけが願書を出すことができ、自私高の中でもお金がたくさんかかることで有名で、もともと競争率は高くない。授業料をはじめ給食費、特別活動費、教材費、副教材費……払わなければならない費目も多くて金額も大きい。それなのにお父さんがカラム女子高に行けと言った。お金も家も仕事もなく、未来もないお父さんが。

カラム女子高をお父さんに吹き込んだのは、タナン洞に住む伯母さんだ。小さい頃は姉妹の中で一番目立たない子だった伯母さんは、持ち前の几帳面さと社交的な性格のおかげで、保険外交員として大成功した。映画俳優顔負けのすらりとした伯父さんと遅い結婚をして、伯父さんにそっくりのイケメンの息子二人も授かった。しかし、すべてを手に入れることはできなかった。イケメンの二人の息子は勉強があまりにもできず、伯母さんを心配させた。伯母さんは勉強がよくできるヘインを娘のように可愛がり、ヘインが小学生の時から口癖のようにカラム女子高に行けと言っていた。

伯母さんの家のベランダからは、カラム女子高のグラウンドが見える。伯母さんは、カラム女子高の生徒たちは制服のスカートを短くしたりしないし、髪もほどかずにちゃんと結んでいるし、化粧なんかまったくしていないと言った。

「勉強ができるからっていうんじゃなくて、子どもたちがホントにきちんとしてて可愛らしいんだよ。以前は学校の前の停留所を通ることがあったからよく見かけたけど、どの子もみんな手にこれくらいのハンドブックを持って、ぶつぶつ言ってるのよ。バスを待つほんの短い時間にも何か暗記してるんだよ」

感嘆する伯母さんとは違って、ヘインにはその光景が奇怪に感じられた。

「なに、ゾンビじゃない。なんで集団でぶつぶつ言ってるの？　伯母さんも食いつかれないように気を付けてね」

ヘインはただ冗談を言っただけなのに、伯母さんは顔をしかめてヘインを見てお母さんに言った。

「この子もカラム女子高に行けば、こんなこと言わなくなるよ」

お母さんは何も言わずに笑みを浮かべて、無農薬リンゴを八つに切って、種の部分を切り取った。その時は、費用なんかはまったく問題ではなかった。やる気が起こらなかっただけだ。

シニョンジンの人たちは、タナン洞に移るためには子どもが勉強ができることより、母親が勤勉なことのほうが重要だと言う。ヘインのお母さんは、同じ勤勉でもちょっと変わっていた。毎朝、他の家族より一時間早く起きてご飯を炊き、昆布と椎茸でとった出汁《だし》でスープを作り、ナムルを新たに和《あ》えた。バスルームにはいつも水気がなく、居間には髪の毛一本落ちていないし、玄関には姉弟のスリッパ二足だけが並んでいた。お母さんはお父さんの会社の仕事を手伝いながら、週に一度、住民センター二階の公共図書館でボランティア活動をし、生協組合員の集まりには毎回参加した。

生協で、使わなくなった幼児用のバッグを集めて、発展途上国の子どもたちに送ったことがある。塾や保育園、幼稚園の名前が入ったバッグは、そこをやめればもう持ち歩かない。子どもたちが同じ所に通う期間はせいぜい二、三年だし、事情があって途中で辞める人もいて、まだ使えるバッグがよく捨てられた。

ヘインのお母さんは、バッグを洗って包装して本部に届ける手伝いをしていた。ベランダいっぱいに色とりどりの小さなバッグがぶら下がっていた。ヘインはバッグに書かれた愛《サラン》の幼稚園やチョコレート保育園、青葉《プルニ》保育園、ベビーの森保育園といった名前の響きが可愛くて優しくて、声に出して読んでみた。夜遅くまで乾いた布切れでバッグを拭いて袋に詰めているお母さんに、大変だねとヘインが声をかけた。すると、居間のソファーに斜めに横になってケーブルチャンネルのアメリカのドラマを見ていたお父さんが言った。

「ほっとけ。好きでやってるんだから」

笑みを浮かべていたお母さんの顔が少しずつ歪《ゆが》んで、表情が消えた。お父さんは頭と背中をかきながら無造作に付け加えた。

「環境に優しいとか、有機農業がどうとか、ボランティアをするだの支援金を出すだの、それで考えがある人になった気がするんだろ？　まあ、母ちゃんたちがたむろして、コーヒー飲みながらドラマの話なんかしてるよりは、まだましだけどな」

お母さんは何も言わずにただバッグの袋詰めの作業を続けた。ヘインは心が崩れ落ちるようだった。お父さんがお母さんに言う言葉は、いつもヘインを突き刺した。

「お父さんも今ドラマを見てるのに、どうして他人《ひと》がドラマを見るのを悪く言うんですか？」

「これはアメリカのドラマだよ。韓国のドロドロの三文ドラマとはレベルが違う」

「アメリカのドラマだからって何でもレベルが高いのかな。お父さん、それは事大主義ですよ」

お父さんは娘の言葉を冗談と受け取ったのか、からからと笑い、ヘインは自分の部屋に戻って机に突っ伏し、頭をかきむしった。本当に言いたいのはそんなことではなかった。何もせず何の考えもない人が、わかったような顔をして後ろ手に組んで他人《ひと》のことをあざ笑うものなんだよ。何もせず、何の考えもないから。

ヘインやサンミンの具合が悪くなったり、怪我をしたり、成績が落ちたりすると、お父さんはお母さんのせいにした。子どもの面倒を見て教育するのは全部母親の仕事だと考えるお父さんには、罪悪感も責任感もなかった。何でもやってみようとする人たちを非難し、けなすというやり方で、何もしないでいることを正当化するお父さん。ヘインは小さくつぶやいた。お父さんこそ、ちょっとは考えて生きなよ。

そんなお父さんが、タナン洞に移るどころか、住んでいた家から追い出されるように出ていくことになったあと、娘をカラム女子高に行かせることにすべてをかけた。それが家長であり、父親としての自分の存在価値を証明することになると考えているようだった。お父さんがあんまり急《せ》き立てるので、お母さんは、家族みんなを伯母さんの住所に偽装転入させた。伯父さんが亡くなり、従兄たちも兵役や海外の大学に行ったあと、その広いマンションに伯母さん一人で暮らしていた。ヘインの一家が一緒に暮らしてもおかしいことはなかった。

ヘインは、カラム女子高の願書に担任の確認をもらわなければならなかった。しっかり口を閉じた書類袋を持ってしばらくためらってから、職員室に入った。ダユンが英語の先生と並んで座って、キョンイン外高の願書を書いていた。ヘインはダユンに視線を向けないようにし、ダユンもヘインが入ってきたことに気付いたが、意識的に目を向けずにいるようだった。

　ヘインが注意深く書類袋を机に置いたのに、担任は無造作に封筒から願書を出してパラパラとめくって見ながら、今伯母さんと一緒に住んでるの？と聞いた。ヘインが答えられずにもじもじしていると、担任はヘインの背中を軽く叩いて、伯母さんの言うことをよく聞きなさい、と言った。全部知っていてそう言うのか、本当に知らないのか。ヘインは担任の本心がわからなかった。

　職員室を出ると、ヘインは逃げるように走った。廊下の突き当たりで同じクラスの友だちとぶつかって、不注意はお互い様だったが、その子がちゃんと前を見て歩けと癇癪を起こした。

「あ、ごめん」

　早すぎる謝罪に決まり悪くなった友だちが、ヘインのフードを直しながら聞いた。

「どこに行ってきたの？　職員室？」

「うん」

「職員室に何の用だったの？　あんた、まさか自私高なんかに願書出すの？　どこ？」

「先生の頼まれ事だよ。どうして私が自私高？」

　その日の言い訳は予言になった。ヘイン一家の偽装転入の事実が明らかになったのだ。

ドアの向こうからお母さんの声が聞こえた。伯母さんと電話しているようだった。他の言葉はなく、大丈夫だと四回ぐらい繰り返した。そしてかなり長い静寂。もう電話を切ったのだろうか。ヘインは音を立てないように部屋のドアを開けた。お母さんはケータイを両手でぎゅっと握りしめて窓の外を見ていた。

居間の窓の向こうには、以前住んでいたマンション団地が見える。ぽつりぽつりと黄色い光。ヘイン一家もあの光の一つだった時があった。穴が開いたようにくぼんだお母さんの両目からは、何の感情も読み取ることができなかった。ああ、お母さん。慰めようか迷っていると、お母さんが笑った。声を出さずに、でも前歯を全部見せて明るく。ヘインは抜き足で引き返して机に向かって座った。見間違いではなかった。確かに、お母さんが笑っていた。

お母さんはお父さんとヘインを居間に呼んで、伯母さんとの電話の内容を伝えた。カラム女子高の独自調査で、偽装転入の事実が発覚したそうだ。小さい部屋のハンガーにはヘインの制服とジャージがかかっていて、窓際の座り机には中学の数学の問題集が広げられていて、間にシャーペンが挟まっていたが、伯母さんの家にはヘイン以外の家族の物は何一つなかった。

お父さんは、赤黒い下唇をちぎれるほど噛みしめた。

「じゃあ、うちのヘインは高校どうしたらいいんだ？」

見慣れた以前の目つきに戻っていた。

「母親のくせに子どもを高校一つまともに行かせられないなんて。ちゃんとヘインの部屋らしく作っといただと？　ヘインの部屋だけ作ってどうするんだ。おまえがまともにできることは何かあるのか？」

「そう言うあなたは何をしたの？　私が姉さんにお願いして、部屋を作って、住民センターに行って転入届を出していた時、あなたはヘインをカラム女子高に行かせるために何をしたっていうの？　あなたは何もやってないのに、とやかく言う資格がないわ」

「おまえ、今まで俺のおかげで楽に暮らしてきたことを忘れるなよ」

「あなたの仕事がうまくいった時も、いかなかった時も、私は何も言わなかった。私は自分がしていないことについて、つべこべ言わないよ」

二人の声がだんだん大きくなると、ヘインは背中がひりひり痛み、顔がかゆくなってきた。ヘインは、お父さんの暴力的な言葉の中にお母さんを置き去りにしておけなかった。こぶしを握りしめて叫んだ。

「ごめんなさい！」

カラム女子高校に行きたくもないし、伯母さんのところに偽装転入してくれと言ったこともない。誰もヘインの意見を聞かなかった。ヘインの過ちではない。そしてお母さんの過ちでもない。

「おまえが悪いんじゃないよ。ヘインはもう戻って勉強しなさい。いや、寝なさい。もう遅い」

逆に自分を慰めてくれるお母さんの言葉に涙が出そうで、ヘインは急いで自分の部屋に戻ろうとした。お父さんがヘインを呼び止めた。

「イ・ヘイン！　おまえはお父さんに挨拶もしないで部屋に戻るのか？」

ヘインは向き直って頭を下げた。部屋に入るとすぐに音を立てないようにドアロックのボタンを押した。収納棚の上に畳んである布団を手当たり次第に引きずり下ろし、その上に疲れた体を投げ出すように横になった。ヘインは膝を抱えて丸くなってつぶやいた。くそっ、挨拶してもらいたければ、まず自分がしろっつうの。

その夜、お母さんとお父さんの会話なのかけんかなのかがどのように終わったのか、ヘインは知らない。とんでもなく窮屈な姿勢で、布団の山にうずもれて、夢も見ずにぐっすり眠った。朝起きた時、頭が痛くないのも本当に久しぶりだった。

かろうじて連絡が取れていた同胞の事業家は、再び完全に姿を消した。お父さんはもう彼を探さなかった。探すのを諦めて銀行、区役所、弁護士事務所に通い、頭を下げて救済を受け、小さなショッピングモールの警備員として仕事を始めた。合間にもっと安定した仕事を求めて履歴書を出し、面接を受けに通った。以前のように毎日ひげを剃《そ》って、身支度を整えて、手をよく洗って、ヘインとサンミンに申し訳ないと言った。ヘインはそんなお父さんをすごいと思ったが、好きにはならなかった。

　偽装転入が発覚してから、ヘインはむしろ気が楽になった。勉強も今までよりはかどった。学校の授業が終わってすぐ塾に行って自習室にいると、サンミンから電話がきた。出なかった。ケータイをかばんに入れてしまったが、授業が始まる直前になって、やっぱり気になって取り出してみた。不在着信が四件とメッセージが二通来ていた。

　最初のメッセージ「お父さんが、今すぐ来いって」

　二番目のメッセージ「おとうさんくるったこわいはやくきて」

　最初のメッセージだけだったら、家に帰らなかっただろう。でも、一〇分も経たないうちに届いた二番目のメッセージが普通ではない様子だった。しかもまだお父さんが帰っている時間でもない。知らないふりをしたい気持ちと、弟を守らなければという思いの間で揺れて、ヘインはダウンジャケットを持ったり置いたりを繰り返した。結局ヘインは黒いロングダウンを肩にかけて、静かに講義室を抜け出した。何人かの子たちが怪訝な目でヘインを振り返った。

玄関のドアを開けてくれるサンミンの額《ひたい》が、赤く腫れ上がっていた。ヘインはベランダでタバコを吸っているお父さんに向かって叫んだ。

「お父さん、どうしちゃったの？　サンミンを殴ったんですか？」

「おまえの本棚にぶつかったんだ」

「うそ言わないでください！」

その時、サンミンがヘインの腕をつかんだ。

「ホントだよ、お姉ちゃん。お姉ちゃんの本棚が倒れたんだ」

私の本棚？　ヘインは後頭部が熱く火照るのを感じた。急いで自分の部屋に駆けつけ、ドアを開けた。本棚が傾いて反対側の壁に寄りかかっている状態だった。部屋が狭くて本棚が完全に倒れることはできず、本だけが床に落ちてめちゃくちゃに散乱していた。部屋の中に一歩も入れずに立っているヘインの横にサンミンが来た。

「お父さんが何か探してるみたいだった」

ヘインはドンドンとやかましい音を立てて、狭い居間を横切ってベランダに行った。お父さんからお酒のにおいはしなかったが、鼻筋の細い部分にボールペンで書いたような赤い血管がたくさん浮き出ていた。ヘインは努めて普段通りの口調で、部屋がなぜあんなことになったのかと尋ねた。

お父さんは新しいタバコを取り出して火をつけた後、ヘインの反対側に顔を向けて煙を吐き出した。風が吹いてきてタバコの煙がヘインをふうっと襲った。

「何か憎まれるようなことでもしてるのか？」

「どういうことですか？」

「女の子だったらしい。確かに女の子の声だったそうだ。うちの住所と伯母さんの家の住所を言って、確認してみろと言ったそうだ」

ヘインはそのまま固まってしまった。

「学校の職員室にも事務室にも電話をして、二つの家の住所を正確に言ったらしい。恐ろしいな。まったく知らない競争相手じゃなくて、うちの親戚の住所まで知ってるくらい、おまえと近しい子だってことだ。俺がとっ捕まえる。ただじゃおかないぞ」

お父さんの指の間のタバコが燃え尽き、ヘインはその細い煙が描く規則的な模様を見ていた。ヘインがゆっくりと口を開いた。

「みんなそうです、お父さん」

「何？」

「みんなそうなんですよ」

「何がみんなそうなんだ？」

「偽装転入のほとんどがすぐ近くにいる友だちの情報提供で発覚するという話、知らないんですね。まったく知らない競争相手が、どうやって偽装転入だと知って情報提供するんですか、まったく知らないのに。みんな、周りの子たちが情報提供するんです。自分は苦労して大変な道を歩いているのに、一緒に学校や塾に通っていた子が裏でお金を使って近道を行ったとしたら、嫉妬して悔しくならないですか？」

「だからそんなこともあるって言うのか？　おまえは、おまえの人生を台無しにした子が恨めしいとも思わないのか？」

ヘインはお父さんをじっと見て言った。

「私の人生、台無しになってません。台無しになんかなってませんよ、お父さん」

そして静かに部屋に戻った。ヘインは傾いた本棚を起こして立て、本を元の場所に並べながら考えた。もしかしてお父さんは、自分の人生が台無しになったと思っているのだろうか。片付けながら本をぱらぱら見たり、その中の絵本何冊かは読んだりもした。ウンジとやり取りした手紙は読み返すとちょっと照れくさくて、奥のほうに隠しておいた。

ヘイン一家がまだ向かいのマンションに住んでいた時だった。六年生になる直前の二月のある午後、はしご車のはしごがぐんぐん伸びていくのをヘインはぼんやりと見ていた。一階、二階、三階、四階……二十二階！　四階に住んでいたヘインは、あんなに高い所に住んでいる人たちは乗り物酔いの薬を飲まなければならないのではないかと思った。それがウンジ一家だった。

新学期初日にエレベーターで出会ったヘインとウンジは、運命のように同じクラスになり仲良しになった。ヘインはしょっちゅうウンジの家に行って遊んだ。ウンジの両親が離婚してから一緒に暮らすようになったウンジの母方のおばあさんは、うちのヘイン、うちのヘインと呼んで、自分の孫のように可愛がってくれた。ヘインが家に帰る時は、ウンジが寂しくならないようにちょくちょく遊びに来なさいと言った。するとウンジは顔をしかめながらおばあさんをちらっと横目でにらんだ。

「おばあちゃん、私はちっとも寂しくないよ」

ウンジの家のベランダから見下ろすと、道の向こうの住宅街は大きさと高さがまちまちの四角い家と、その屋上の青や黄色の水道タンクと、路地を曲がりくねって走る自動車がすごく小さくて、ちょうどブロックで作ったおもちゃの町みたいだった。ヘインはウンジの家のベランダから、そのブロックの町を見るのが好きだった。

「向こうの方に瓦屋根の家がある！　一体いつ建ったんだろう？」

「あの町には、建ってから百年以上の家もあるんだって」

「ホント？　そういう家は文化財か何かに指定したほうがいいんじゃない？」

「古いからって何でも文化財なのかな？　うちのおばあちゃん、おじいちゃんの家も五十年は経ってるよ」

ヘインはマンションで生まれて、ずっとマンションで暮らしてきた。遊びに行った友だちの家もみんなマンションだった。玄関を開けると、テレビやソファーが置かれた居間がすぐに見え、居間と続くキッチンがあり、居間をぐるっと囲んで部屋が二つか三つ、バスルームとベランダ。どれも似たような構造と広さだった。

ウンジは、道路の向こうの家はそうではないだろうと言った。居間がなかったり、キッチンが玄関の外にあって靴を履いて出なければならなかったり、トイレと浴室が別にあることもあると。ウンジのおじいさんが住んでいる町ではそうだという。ヘインが不思議がると、ウンジはそういう家に一度も行ったことがないのかと聞いた。ヘインは首を縦に振った。

「ホント？　あんたのおばあさん、おじいさんの家もマンションなの？」

「おばあちゃん、おじいちゃんはいないの。うちのお父さんが小さい頃、亡くなったんだって。それからお母さんの実家はマンションだよ。四十二坪だって」

「そうなんだ。うちのおばあちゃん、おじいちゃんの家は、童話の本に出てくるような昔の家だよ。庭の隅に物置があって、そこに干したナムルの材料や梅のシロップが置いてあるの。屋上には菜園があって、カボチャや唐辛子やサンチュなんかを摘みとったりするの、面白いよ。でも駐車場がなくて不便なんだ。この前の秋夕《チュソク》18に、おじいちゃんの家の門の前に車を置きっぱなしにした人がいたんだ。車の持ち主とうちのお父さんが胸ぐらをつかんでけんかして、交番に行ったんだよ」

ヘインは、ウンジの話がドラマみたいで面白かった。おじいさんの家で他に何か面白いことはなかったのかと聞いた。

「行くたびに町に中国人が増えてるの。漢字の看板がだんだん増えて、仕事紹介とかの事務所も増えて、中華料理屋も増えて。お父さんは、このままだと中国の町になるってすごく心配してるんだ」

「中国の町になったら何がいけないの？」

「危ないんだって。お父さんはいつも、その人たち中国で何をやってたか、わかったもんじゃないって言ってるの。まぁそれを言ったら、うちの隣の家の人だって本当は何をしてる人なのかわからないけどね」

ヘインはゆっくりうなずいた。ヘインのお父さんも似たような話をしていた。住宅街の裏手には鉄筋やパイプのような鉄材を扱う小さな工場がたくさん集まっている、ひと気《け》が無くて暗くてガラの悪い人たちがいて危ない、だからお母さんとヘインはそっちには行くなと言った。面白そうで不思議だけど、怖い所。ただこうやって話でだけ聞いていたい所。その時は、ヘインは自分がそこに住むことになるとは思わなかった。

ウンジの話

ウンジは、六年生になる時にシニョンジンに引っ越してきた。引っ越す前は、お母さんと母方のおばあちゃんとウンジがみんな一つの部屋で寝ていた。元々、小さい部屋はおばあちゃんが使って、大きい部屋はウンジとお母さんが一緒に使っていたが、お母さんの帰りが遅くなる時は、おばあちゃんが大きい部屋に横になってウンジを寝かしつけて、そのまま自分も眠ったりしていた。自然と三人が大きい部屋で一緒に寝るようになった。

ソウルを離れて、ウンジの一家はもっと広くて部屋も一つ多いマンションを買うことができた。ウンジが、自分も部屋が欲しいと言った。一人で寝られるのかとお母さんが二回、おばあちゃんが三回聞いて、ウンジはそのたびに「うん」と答えていたが、とうとう癇癪を起こした。それなのに、引っ越した最初の夜、枕を抱きしめたウンジがお母さんの部屋のドアからひょっこり顔を出した。

「私、今日だけここで寝てもいい？」

ベッドに座ってテレビを見ていたお母さんが体を動かして空間を作ってくれた。ウンジがざぶんと飛び込むようにベッドに身を投げると、お母さんはリモコンでテレビを消して、ウンジと向かい合って横になった。お母さんがウンジを抱きしめて背中を軽く叩くと、ウンジはお母さんの胸に顔をうずめた。

「お母さん、会社が遠くなっちゃってごめんね」

「変わんないよ。距離の上では遠くなったけど、専用道路に乗ればすぐだから、かかる時間は同じだよ」

「それでもごめんね」

「おまえのそういうとこ、私には理解できないわ。私はおまえのお父さんと別れた時も、おまえにすまないなんて思わなかったのに」

「お母さんは図々しいからね」

「おまえも私に似て図々しかったら、すまないなんて思わなかっただろうに。そういう性格は、お父さんに似たみたいだね」

「先月、私、おばあちゃんの誕生日に行ってきたでしょ。あの日、家に送ってくれた時に、お父さんが私にすまないって言ったんだ」

何で？何が？それで？と根掘り葉掘り聞くんじゃないか、心配してくれなくてもちゃんとうまくやってるよ、おまえのお父さん笑わせるね、と言って舌打ちするんじゃないかと思っていたけれど、お母さんは何も言わなかった。ウンジは余計なことを言ったかと思って、体を少し後ろに引いてお母さんを見上げた。もう眠っていた。ウンジはお母さんが図々しくてよく寝る人で良かったと思った。すまないと思わなくて良かった。

ハウンとは四年生の時も同じクラスだった。友だちの誕生日パーティーの時とか、塾のシャトルバスを待っていて偶然顔を合わせた時とかに三、四回ちょっと話したことがあったくらいで、あまり親しくはなかった。五年生のクラスでまた一緒だったが、ウンジは隣の町に住むソヨンといつも一緒にいて、ハウンは英語塾に一緒に通う友だち三人とグループになっていた。一度、席が前後になったことがあって、その時に仲良くなった。

お母さんがネット書店で本を買って景品としてもらったブックポーチには、いろいろなサイズのシールがたっぷり入った。ウンジはブックポーチにシールを入れて持ち歩き、ノートにも、教科書にも貼り、読書ノートや日記帳、提出物にも挿絵のように貼っていた。ウンジが連絡帳に「水彩画の道具準備」と書き、横に筆とパレットの絵のシールを貼っていたのを、ハウンが後ろ向きになって、じいっと見て言った。

「きれい！　私にも一つちょうだい！」

ウンジは快く同じ美術道具のシールに、もう一つ、本の絵のシールまではがして渡した。

「これ、読書ノートに貼る？」

「うわあ、ありがとう！」

しばらくして、ハウンはきらきら光るアルファベットのシールS、E、J三枚をウンジに渡した。ウンジは連絡帳の表紙に書いた、ソン(Song)、ウン(Eun)、ジ(Ji)という自分の名前の上に、ハウンからもらったS、E、Jのシールを貼った。表紙をハウンに向けて見せると、ハウンがきれいと言った。ハウンは、シールがぱんぱんに入った小さなファスナーバッグをかばんから取り出して見せてくれた。

「私もシール集めてるんだ」

ハウンが厚みがあってふかふかしたキャラクターシールのシートを一枚丸ごとくれ、ウンジも思い切って、大事にしているキュービックシールをあげた。

その時から、休み時間のたびにウンジとハウンは向かい合って座り、話をして、絵を描いて、ビンゴゲームもした。一カ月経って席は遠くなったが、朝は一緒に学校の図書室に行って本を借り、午後は塾に行くまで校庭の遊び場の隅で時間を過ごした。ハウンの英語塾の友だちも一緒のことが多かったが、そのたくさんの子たちがみんなウンジの家に集まって、家の中を走り回って下の階から苦情が来たりもした。

仲良く過ごした。とっても楽しかった。いつからどうしてすれ違ったのか、ウンジはわからなかった。ハウンは日程を調整したり場所を決めたりする時、自分の思う通りにならないとものすごく腹を立てた。しかしウンジは、あまり気にしなかった。適当に聞いておいて、いくらなんでもと思った時はただ抜けた。今日はおばあちゃんが早く帰ってきなさいと言ってたのを忘れてた、私、塾の宿題しなきゃ、急にお腹が痛くなって一緒に食べられない、そうやってさりげなく抜けたのを覚えている。

体育の実技の課題は、フィリピンのバンブーダンス（二本一組の長い竹を用いた伝統舞踊）だった。基本動作も難しくなく、竹の代わりにジャンピングバンド（伸縮性のある長いゴムバンド）を利用すれば、どこでも簡単に練習できた。最大五人まで自由にチームを組み、選曲や振り付けを考えて練習し、発表しなければならなかった。ちょうどチームを決める日、ウンジはお母さんと済州旅行に行くため欠席した。

ウンジが済州島から帰ってきた時、すでにハウンとソヨン、ハウンの英語塾の友だち三人の五人でチームができていた。ウンジは先生に前回の授業を欠席したのでチームに入れなかったと説明して、六人まで許可をもらった。

「みんな、六人まで大丈夫だって！　一緒に練習しよう！」

ウンジが駆けつけると、みんなの表情がこわばった。誰も目を合わせず、しばらくしてハウンが言った。

「うちのチームはだめだよ。五人に合わせてもう振り付けも全部考えたの」

「一緒にやろう。振り付けをちょっとだけ変えればいいじゃん」

空気を読めていないウンジが何でもないことのように言って、ハウンがまたきっぱりと言った。

「だめ。それじゃあ、こんがらがって、間違っちゃう」

その時ようやく、ウンジの顔から笑みが消えた。友だちがみんな離れていき、ウンジ一人が取り残されてどうしたらいいかわからずにいると、学級委員の女の子が近づいてきた。

「あなた、この前の体育の授業の日休んだでしょ？　うちのチームに入る？」

「うん！」

そのチームが何人で、誰がいて、振り付けは考えたのか、そんなことを聞きもしなかった。無条件にほっとしたし、ありがたかったし、救われた。課題の発表が全部終わってから、先生が学級委員に言ってウンジをチームに入れてくれたことを知った。

ウンジのチームが一番上手だった。ハウンはバンドに二回も引っかかって、二回目はもろに床に手をついて倒れた。慌てたハウンがもう一度始められずにもじもじしていると、みんなが拍手をして三、二、一、と拍子を合わせてくれた。発表が終わって、ハウンは机に突っ伏してしばらく泣いていた。同じチームの子たちが周りを囲んでハウンを慰めたが、ウンジは、慰めるのも不自然だし、知らないふりをするのも居心地が悪く、その辺をぐるっと歩き回ってから戻ってきた。その後、その五人はウンジと目も合わさず、声もかけず、ウンジが声をかけても答えなかった。

五人といえば、同じクラスの女子生徒のほとんど半分だ。しかも一番親しかった五人だ。生徒数が少ないクラスでは、一度失敗すると、一度友だちを失うとおしまいだ。ウンジは自分から笑いかけて近づいてみたり、真顔で理由を聞いたりした。電話をかけ、メールも送った。メモを本の間に挟んでおいたり、引き出しに手紙を入れておいたりもした。どうやっても反応はなかった。

ある時、教室に入ろうとしたウンジが、後ろの出入り口で男子生徒と鉢合わせした。お互いにもたもたして、どちらにどいたらいいか決められずにいると、男子生徒が嫌味たっぷりにつぶやいた。

「私の連絡帳にはぁ、まだぁ、あんたがくれたぁ、アルファベットシールが貼ってあるのぉぉ。ウエーーン」

私の連絡帳には、まだあんたがくれたアルファベットシールが貼ってあるの。ウンジがハウンに渡したメモの言葉だ。ウンジは自分が粉々に砕け散っていくようだった。手が、目が、頭が、胸が、息が、そして心があまりにも小さくなって、つかまえようとしてもつかまえられなかった。私のメモをみんなに回して見せていたのか。ハウンと仲良くもない男子まで知ってるくらいなら、一体どれだけ多くの子たちが見たんだろう。席に戻って座ったが、クラスの子がみんな自分を見ているような気がした。誰とも目を合わせたくなかった。机にうつぶせになって授業開始のチャイムが鳴るのを待った。

裏門の前で数学塾のシャトルバスを待っていると、ウンジの背負ったかばんにコツンと何かがぶつかった。ウンジは心臓がぎゅっと縮んだ。じっと固まって瞳を動かすこともできず、正面だけを見ていた。その時、また何かがかばんをコツコツと小突く音がした。

「ソン・ウンジ!」

ハウンだった。

「あとでみんなとソヨンの家で遊ぶことにしたんだ。四時四五分頃。みんな塾が終わってから来るから、あんたも来なよ」

あんたも来る? じゃなくてあんたも来なよ。ウンジは取り憑かれたように黙ってうなずいた。

「必ず来て！　あとでね！」

ハウンは明るく笑って手を振り、ぴょんぴょん走って裏門をまた入っていった。いつもと違って裏門の前には塾のシャトルが一台もいなくて、人も一人もいなかった。ハウンが裏門から走って入っていった場面が夢の中の出来事のようにぼんやりとしていた。ウンジはお母さんに電話をかけて、数学の塾が終わったらソヨンの家に行くと言った。

——子どもたちだけでいるのはだめよ。ソヨンのご両親は二人とも会社勤めなんでしょ？ソヨンの家に今大人はいるの？

それはわからない。

「お母さん、今日だけ。みんな来るって言ってるの。私だけ行かなかったらあとで仲間に入れてもらえないよ」

ウンジの口から突然思ってもいなかった言葉が出た。お母さんは考えるようにしばらく黙ってから答えた。

——わかった。次からはうちに連れてきなさい。それから、おばあちゃんにお母さんが電話しておくから、六時三〇分までには家に帰りなさい。

次は友だちを家に呼ばなきゃと思った。こうやって自然に約束が決まるんだな。きっと、ハウンは仲直りしようとしているんだな。だから友だちをみんな呼び集めて、私に来いって言ったんだ。ウンジはそのありがたい招待に心から応えてあげたかった。

塾が終わるとすぐに、建物の一階にあるコンビニに立ち寄った。財布には、お母さんがおやつ代だと言って入れてくれた千ウォン札が三枚あった。ウンジを入れて六人。三千ウォンで六人のおやつを買うのは容易ではなかった。千五百ウォンのペペロ（ポッキーに似た韓国のチョコレート菓子）一箱と、千二百ウォンのゼリー一袋を買った時、時間はすでに四時四〇分で、ウンジはペペロとゼリーを両手に握って、ソヨンの家に向かって全力疾走した。

呼び鈴を押したが何の気配もなかった。ちょうど四時四五分。ウンジはまだ友だちの塾が終わっていないんだろうと思った。九〇二号と書かれたソヨンの家の玄関にもたれると、鉄のドアからひやっとした感触が伝わってきた。走って来てかいた汗が冷め、背中から首、頭と顔の順に涼しくなった。涼しいというくらいではなく寒かった。ウンジは真夏だというのに、よその家の前で両手にペペロとゼリーを持ってぶるぶる震えた。一〇分くらいそうやって立って待って、無駄と思ったけれどインターホンをもう一度押した。そしてドアをどんどんと叩きながら、ソヨン、と呼んだ。

まさか。

足が痛くてうずくまったが、結局床に座り込んだ。どれくらい経っただろうか。向かいの九〇一号の大きな玄関が開き、おばあさんが出てきた。

「お嬢ちゃん！　あなたどなた？」

戸惑ったウンジは、何も答えられなかった。

「お向かいのお嬢ちゃんじゃないね？」

腕時計の長い針が〝3〟を過ぎたところだ。両手にペペロとゼリーの袋を握ったまま、ウンジはもぞもぞと立ち上がった。おばあさんにぺこりと挨拶をしてエレベーターのボタンを押した。

「お向かいのお嬢ちゃんのお友だちのようだね。お友だちを待ってるの？」

おばあさんの質問に、ウンジはいいえと言った。おばあさんはお構いなくさらに聞いてきた。

「お友だちに電話はしてみたの？」

「あ、違います。違うんです」

エレベーターは来ず、ウンジは逃げるように階段を駆け下りた。両手に握っているお菓子が恥ずかしかったし、こうなってみると途中の道で友だちに会うのではないかと怖かった。

決して顔を上げないようにして再び全力疾走した。

ハウンは何の釈明もしなかった。以前のようにウンジと言葉を交わさず、目を合わさなかった。ウンジも何事もなかったかのように行動した。何日か経ってメッセージが来た。

「あの時、私怪我しちゃって約束をキャンセルしたんだけど、病院に行ってて連絡ができなかったんだ。私たち今、地区センターの屋上にいるんだけど、あんたも来なよ」

ウンジは、ちょうどそのセンターの英語塾で授業を受けていた。ちょっと上っていくだけで行ける。

地区センターは三階建ての建物で、何軒かの商店や医院の他に補習塾がいくつか入っている。屋上はいつの間にか塾の先生たちの休憩室兼喫煙エリアになった。生徒たちもよく授業をサボって隠れていたり、こっそりタバコを吸ったりしていた。そのため、近くの住民たちの苦情が後を絶たなかった。センターの代表を務める一階の不動産屋の社長は、これ見よがしに大きな錠を買って屋上の出入り口の扉に掛けたが、取っ手に引っ掛けておいただけで本当に閉める人は誰もいなかった。先生たちも生徒たちも不動産屋の社長も、こっそり屋上に出入りした。

センターの屋上には怖いお姉さんお兄さんたちがたむろしてるって言うけど。お母さんがセンターの屋上には上がるなと何度も言ってたけど。何より、なぜか今回もハウンはいないような気がするけど。行かないほうがいい理由が数えきれないほど思い浮かんだが、ウンジは、もしかしたらというわずかな可能性をどうしても捨て切れなかった。

塾が始まっている時間なのにハウンと遊び場のすべり台で遊んだことが思い出された。ムッチッパ[19]をして負けたほうがすべり台をすべり降りて、階段を上ってまた挑戦するとても単純なルールだった。早く勝ちたくて、コンコンと鉄板を鳴らしながら階段を駆け上ったりした。二人で肩を寄せ合って歌を歌ったり、チョコレートやスナック菓子を分け合って食べたりもした。何でもないことなのに妙に楽しくて、不良になったようなスリルと快感もあった。その時を思い出すと、ウンジの口元が自然とほころんだ。ウンジは、ハウンのメッセージをもう一度開けてみて、返信を送った。

「私、もう塾が終わって屋上に上がろうと思うんだけど。まだいる？」

「うん。早く来て」

深呼吸を大きくして、屋上に向かう階段を上った。階段の左側には破れた宅配ボックスや古い椅子、スチール製の棚、ベニヤ板のようなものが積まれていた。荷物が窓を半分ぐらい隠していて暗く、少し怖かった。上がってはいけないって言われてる場所だし、不良になってしまうように感じられて足が重かった。ゆっくり、できるだけゆっくり上って、とうとう最後の階段を上ると、すぐ一歩先に屋上に出るアイボリー色の鉄製の扉が現われた。

何度もペンキを塗り重ねたらしい扉は、厚くて重そうだった。中途半端に開いた扉の下の部分に誰かが小さな木片を差し込んで止めてあり、扉の取っ手に錠がぶら下がっていた。大人一人が体を横にひねれば出入りできるくらいの隙間。出入りを自由に許可することも、完全に塞《ふさ》いでしまうこともできない事情が感じられる幅だった。

ウンジも体をひねって開いた扉の隙間を通ったが、宙に浮いた左足がなかなか屋上の床に着かなかった。床を探りながら足をふらふらさせて、タン、と初めて屋上に立った。昼間の焼けるような熱気が残っていて一瞬息がぐっと詰まった。

「ハウン！」

ウンジは小さくハウンを呼びながら歩きだした。廃業した美術予備校の看板がぽつんと捨てられていて、エアコンの室外機と衛星放送アンテナ、コンビニ用のパラソルテーブルとプラスチックの椅子が四つあった。テーブルの上と下、椅子の横、あちこちにタバコの吸殻がぎっしり詰まった缶が置かれていた。ハウンは見当たらなかった。

屋上を一周して誰もいないのを確認したあと、ウンジはすっかり気が抜けて、しばらくパラソルの下に座った。この薄い布切れが日差しを結構遮るんだな、ここにこうやって座ってタバコを吸うんだな。じめじめしてかび臭い、染みついたタバコのにおいが上ってきた。ハウンにメールを送ってみようかと、ケータイの画面をじっと見ていたが、やめた。輝いていた真っ白な心は、砂糖が溶けるようにどろどろと流れ落ちた。

ウンジは腹が立たなかった。もうはっきりわかったからいいし、諦められてかえって良かったと思った。プラスチックの椅子から立ちあがって、出入り口に向かって歩くと、長い影がウンジの足にぶら下がってついてきた。寂しくなかった。本当に何ともなかった。ところが、出入り口が閉まっていた。

入る時は確かに三〇センチほど、扉が開いていた。ウンジが右手で取っ手をつかむと、やけどするほど熱く感じてパッと手を離した。今度は慎重にもう一度取っ手をつかんで押した。がたがた揺れるだけで開かなかった。肩でぶつかって押しても同じだった。ウンジはその場に座り込んでしまった。

自分が情けなかったし、屋上に閉じ込められたことがとても恥ずかしかった。膝の間に顔をうずめてわあわあと声を上げて泣いた。そのうちに、怖くてなのか、悲しくてなのか、泣きすぎて訳がわからなくなって扉をどんどんと叩いて助けてくれと叫んでいた。

ウンジはお母さんに電話をかけようとしたが、手が止まった。お母さんはやってはいけないと言うことがあまりない人で、だからウンジは、お母さんがやるなと言うことをしたことはほとんどない。行くなと言っていた屋上に上がったことを知ったら、すごく驚いて失望するだろう。次におばあちゃんを思い浮かべた。でも、おばあちゃんが慌てふためいてあちこち走り回ることを考えると、それも気が進まなかった。それに、おばあちゃんに連絡したら結局お母さんが知ることになる。おばあちゃんはお母さんに不必要な情報は伝えないが、お母さんに内緒でウンジとだけ秘密を作ることはない。次にちょっとハウンのことを考えた。

こんな状況でハウンのことを思い浮かべるというのが滑稽《こっけい》だった。ウンジは結局お母さんに電話をかけた。

――ケータイのバッテリーは十分あるの?

「七八パーセント」

――無駄にバッテリーを使わないようにね。手すりのほうに行くんじゃないよ。大丈夫、お母さんまたすぐに電話するから。

お母さんの落ち着いた声に安心して、ウンジはどっと疲れがでて、出入り口の横の壁にもたれて目を閉じた。きっと怒られるだろうな、怒られるようなことだもんな、と考えていたらつい眠ってしまった。手に握っていたケータイがブルブル震えた。お母さんかな? 電話に出ようと思ったが、体が動かなかった。眠りからどうしても抜け出すことができなかった。お母さん、お母さん、お母さん……一人でつぶやいて、また眠った。冷たい手が顔を叩いた感触、英語塾の先生の顔、地区センターの小児科の院長先生に背負われた瞬間が、点線のようにとぎれとぎれに続き、あとの時間はウンジから消えた。

自分の部屋で昼寝をしているのかと思った。ウンジが学校に行っている間、おばあちゃんが窓を開けて換気してきれいに掃除をし、ベッドカバーと布団と枕を天日に干した新しいものに替えてくれた日、一日の最後の体育の時間に汗を流して家に帰り、シャワーを浴びてべッドに飛び込むとすぐに眠りに落ちた。夢も見ない深くて健康な眠り。うっすら消毒薬のようなにおいが感じられた。目をぱっと開けた時すぐにお母さんが見えなかったら、ウンジは多分声を上げていただろう。

「小児科だよ」

「延世《ヨンセ》サラン医院？」

お母さんはうなずいた。

「でもお母さん、会社は？」

「早退して来たんだよ。それに、今、会社が問題？」

お母さんがウンジの額に手のひらを当てて、手の甲で両頰に触れながら言った。

「お医者さんの話では、暑いからというより、驚いてショックを受けたからだろうって。おまえが日陰にいて良かった。脈拍も体温も大丈夫だって」

「痛いところないよ」

「点滴を終えたら帰ろう。おばあちゃんには心配するから言わないことにして」

ウンジはうなずいた。

「おばあちゃんが先に知ってたら、お母さんに言ったはずなのに。母親は娘に言うのに、娘は母親に言わないの？」

お母さんが首を横に振った。

「母親っていうのは、娘のことを知らなきゃいけないのよ。ウンジのことは母親であるお母さんが知らなきゃならないし、お母さんのことはその母親のおばあちゃんが知らなきゃならないの」

ウンジは、お母さんが知らない自分のことを思い浮かべた。お母さん、そうじゃないよ。現実の娘たちは、お母さんに言わないことのほうが多いんだよ。お母さんがあまりにも温かい目で自分を見ているので言えなかった。そうやってウンジを見つめ、顔と手をなでていたお母さんが、しばらく経ってから聞いた。なぜ屋上に上ったのかと。

地区センターでは、防犯カメラは設置していなかった。代わりに屋上階段のすぐ前のピアノ教室で管理している防犯カメラがあった。廊下の方向に一つ、教室の出入り口の方向に一つ。廊下方向のカメラは、屋上の出入り口までとはいかないが、誰かが階段のほうに歩いていく姿くらいは映る角度だ。

ピアノ教室の先生は、しばらくためらった。たまにタバコを吸う子どもたちをつかまえるとか、ごみを捨てた人を探すと言って、ピアノ教室に防犯カメラを確認したいと問い合わせが来るが、一度も見せたことはない。捜査が必要な事件なら、警察の公文書を持って来るようにと答えるのだが、そこまで手続きを踏んだ依頼は今までなかった。ウンジが七歳から十一歳まで通った教室だ。お母さんが事情を話すと、ピアノの先生は、自分がまず防犯カメラを確認してから連絡すると言って、お母さんを帰した。見せてもらえそうもないなと思って半分諦めた。

一時間くらい経って、ピアノの先生から連絡が来た。お母さんは小さなクッキーかロールケーキでも買って行こうかとも考えたが、かえって先生の負担になるだろうと思って、ウンジのケータイとＵＳＢだけを持ってピアノ教室に行った。

「間違いかもしれないじゃないですか。人がいないと思ってそのままドアを閉めたとか」

先生の最初の一言だった。

「先生、お困りになるのはわかりますが、どうかお願いします」

「困るからというわけではないんですが……」

先生は話を続けることができなかった。お母さんが慎重に尋ねた。

「先生の生徒なんですか？」

先生は今度も答えられなかった。ハウンもこのピアノ教室に通っていた。お母さんはハウンとウンジがやり取りしたメッセージを見せた。先生は大きなため息をついて、ＵＳＢに防犯カメラのファイルを保存してくれた。小さな町だ。教室の生徒の大部分が団地に住む子どもたちなので、子ども同士も保護者同士もよく知っている。ひょっとすると出来事が歪曲《わいきょく》されて噂になるかもしれないし、先生と教室に非難が殺到するかもしれない。申し訳ながるお母さんを、むしろ先生が慰めた。

「いいえ。こうするのがいいと思います」

防犯カメラには、下を向いて一歩一歩重い足取りで歩くウンジと、しばらくしてウンジと同じ道を行き、大急ぎで、ほとんど飛ぶように戻ってくるハウンとソヨンの姿がはっきり映っていた。お母さんが素早く粘り強く対処したおかげで入手できた、重要な証拠だった。しかしその間に、おばあちゃんもウンジに起こったことを知ってしまった。

お母さんが学暴委[20]（学校暴力対策自治委員会）を要請した日の夜、ご飯を食べようとしていたらインターホンが鳴った。モニターに中年男性の姿が見えた。ワイシャツを着て、片手には紙袋を持っている。お母さんがどなたですかと聞くと、ウンジのお父さんはいらっしゃいますかと聞き返した。ウンジとウンジのお母さんとウンジのおばあちゃんが同時に不愉快になった。

「どちら様がウンジの父親をお探しなんですか？」

「私はハウンの父親です」

「ウンジの父親はいません」

「ウンジのお父さん、まだお帰りじゃないんですか？」

これ以上スピーカーホンで話せないと思ったお母さんが玄関を開けて、ちょうど一歩分後ろに下がった。ハウンのお父さんも玄関の入口の所まで入ってきて、両手を合わせ頭を下げて丁寧に挨拶したあと、持っていた紙袋をお母さんに差し出した。

「こうして突然お邪魔して本当にすみません。これはクッキーなんですけど、ちょうど日本に出張に行って昨日戻ったんです。並んでやっと買ったものです。一度召し上がってみてください。ところで、ウンジのお父さんはお帰りが遅くていらっしゃるようですね？」

ウンジのお母さんの眉間に瞬間的に浅くて短い縦じわが二本寄った。

「私も日本に出張すると、よく買ってきます。空港でたくさん売ってますよね。ありがたいですが、クッキーはいただけません。でもどうしてそんなにウンジの父親をお探しなんでしょうか？」

「子どもたちにちょっと問題が起きたというので。男同士ビールでも一杯やりながら腹を割って話せたらと思いまして、こうして恥を忍んで伺いました」

「おっしゃりたいことがあれば、私に言ってください」

お母さんの顔が目立ってゆがんだ。ハウンのお父さんもたちまち顔がこわばった。困ったようにも、不快そうにも見えた。お母さんはもう一度はっきりと言った。

「おっしゃりたいことがあればおっしゃって、なければお帰りください。そして、こんな遅い時間に約束もなしにお越しになるようなことがもうないことを願っています」

ハウンのお父さんは唐突《とうとつ》に、ふざけただけだったと言った。ハウンはちょっとふざけてから一緒に遊ぼうと思っていたのだが、急に大人たちが集まってきてウンジがおんぶされて出てきたので、何も言えなかったそうだ。

「うちのハウンもすごくショックを受けていました。あの日は晩ご飯も食べられなかったんです」

すると食卓に座っていたおばあちゃんががばっと立ち上がり、みぞおちを押さえて叫んだ。

「うちのウンジは、いまだにご飯を食べられません！　夜も眠れません！　私は今も、ここが、ここが痛くて腰を伸ばせないんです！　それなのに、何を言ってるんですか？」

普段よりは食欲がないけれど、全然食べられないわけではなかった。明け方に二回ほど目は覚めるが、まったく寝られないわけでもなかった。でもおばあちゃんの話を聞いていると、ウンジも胸がひりひりと痛んできた。ハウンのお父さんは手のひらで顔を何度かなで下ろすと、頭をぺこりと下げて出て行った。お母さんはガチャガチャと大げさに音を立てて、補助ロックのチェーンまでしっかりかけた。

「黙って聞いてると、ふざけただけだったで済まそうとする人、本当によくいるよね。面白くもないのに」

ウンジはふざけただけだったというハウンのお父さんの言葉より、腰を伸ばせないほど痛いというおばあちゃんの言葉より、ずっとウンジのお父さんはいないのかと尋ねていたハウンのお父さんの声が、頭から離れなかった。

処罰の根拠は十分だった。防犯カメラ、ケータイのメッセージ、医師の診断書……。ウンジのお母さんは、ソヨンの向かいの家のおばあさんに会って話を聞いて、録音もした。お母さんが当時の状況を説明してウンジの写真を見せた。おばあさんは、あ、そうそう、この子覚えてるよ。この子に何かあったんですか？と言った。

学暴委でハウンに書面での謝罪と特別教育、クラス変更の処分を決めた。ハウンはすぐにウンジに謝罪の手紙を書いたあと、引っ越して転校していった。ウンジへ、で始まる手紙は申し訳ない、申し訳ない、申し訳ないと、全部申し訳ないという内容だった。申し分なく上手に書かれた、誰が見ても立派な謝罪文だった。しかし、何の弁解もない謝罪の手紙がなぜかウンジの心を苦しめた。

ウンジは毎晩夢の中で泣いて、その声で目を覚ました。目を覚ますとその夢を覚えていなかった。お母さんは毎日ウンジを抱きしめて寝た。

「ウンジ、どうしたの？　うん？　全部終わったのにどうしたの？」

「お母さん、私、ハウンにどうしても聞きたいことがあるんだ。明日、ハウンに電話してもいい？」

お母さんは目を閉じて、しばらく考えてから答えた。

「わかった。その代わり、ハウンが傷つけるようなことを言ったり、おまえを悲しませたりしたら、すぐ切りなさい。話してる途中でもそのまま切るの。約束できるね？」

次の日の夜遅く、ウンジは世界中の心配を全部抱え込んだようなおばあちゃんとお母さんを居間に残して、自分の部屋に入ってドアの鍵をかけた。大きくて白いガラケーをゆっくりと開けた。ぱっと点《つ》いた画面の中では、ウンジとお母さんとおばあちゃんが明るく笑っていた。一度だけかけてみて、出なければやめようと思いながら、ハウンに電話をかけた。

――もしもし。

内心ハウンが電話に出ないかもしれないと、実は、出なければいいなと思っていた。こっちから電話をかけておいて、むしろウンジが戸惑っていた。

「私、ウンジだけど」

――うん。元気？

ハウンの声が落ち着いていて、優しくて、ウンジはほっとした。

「うん、あんたも？」

——うん。

「私、どうしても聞きたいことがあって電話したの。正直に答えてもらえる？」

——うん。

「私たち、仲良くしてたじゃない。なのにどうして急に私にあんなことするようになったの？　私、何か悪いことした？」

ハウンは何も言わなかった。紙に前もって書いておいた通りに、したかった質問をしてしまったウンジも、もう話すことはなかった。しばらく沈黙が続いた後、ハウンが答えた。

——考えてみたけど、あんたは悪いことは何もしてないと思うよ。ただ、ただ何となく、あの時はあんたが急に嫌いになったの。

「あ、そうなんだ」

そして、またしばらくの静寂。

——ほかに聞きたいことがないんなら、もう電話切ってもいい？

「うん、わかった。元気でね」

——うん、あんたも。

ウンジが先に電話を切った。その時ウンジは初めて、悪いことをしていなくてもつらい目にあうことがあると知った。そして人はみんな、自分で選んだことでなくても、それに影響を受け、責任を負って、解決しながら生きていくこともあるんだと。

ウンジが学暴委を開いてほしいと言ったのではなかった。思いを伝える間もなく大人たちの手続きが進められたように、ハウンも引っ越しを望んでいなかっただろうと思った。ウンジはハウンとの問題が解決してほっとした。しかし、その過程で自分は何もしていないという事実は、またウンジに自信を失くさせた。

電話のあともウンジが元気にならないのを見て、ウンジのお母さんはソウルを離れることを決めた。その決定も、ウンジのものではなかった。

秘密を共有すること、
本心を言い、それを本心だと信じること、
人との関係を大切にすること。
ソランはまだ、このすべてのことに慣れていなかった。

私たちが仲良くなるまで

三年生の二学期が始まって間もない日だった。トッポッキを食べていた手を止めて、ウンジが何気なく、ジャカルタに行くことになるかもしれないと言った。ヘインはびっくりした。

「え？　ジャカルタ？　フィリピンにあるジャカルタ？」

「ジャカルタはインドネシアだよ」

「あ、そんなことどうでもいいよ！　いつ？　なんで？」

「お母さんがジャカルタ駐在員に希望出したの。来月には結果が出るけど、確率は五〇パーセントくらい？　行くことになったら、卒業を待たずに行くかもしれないって」

「ホントに？　じゃあ私たちの約束は？」

興奮したヘインをウンジが呆れたような表情で見て、ゆっくり答えた。

「ああ、それね……他の国に行くのでも、約束を、破ることになるのかな？」

ウンジが本当にわからないという顔をしているので、誰も答えられなかった。しばらくして、ソランが小さくつぶやいた。

「約束を守る気はあったんだよね？」

ウンジは、他でもないソランから、そんなひねくれた言葉が出るとは思っていなかった。

ぽかんとしているウンジの代わりに、隣にいたヘインが怒った。

「何言ってるの？　あんたそれ劣等感？　うらやましいならうらやましいって言いなよ！」

「ちょっと、イ・ヘイン！」

ソランがそう言ってからは、けんかは全く別の方向に広がり、もともとの問題がすっかりどこかに行ってしまった。ヘインは、どうして他の子たちのことはダユン、ウンジ、と呼ぶのに、自分だけいつもイ・ヘイン、と苗字を付けて呼ぶのかと問い詰めたのだ。ソランは、そんなことはないと言った。今はちょっと不快な気持ちからわざとそう呼んだけど、自分はもともと苗字を付けて呼ぶのはよそよそしいから、誰のこともそう呼ばないと言うと、ヘインはもっと腹を立てた。

「じゃあ私がうそついてるって言うの？」

「そうじゃなくて、聞き違えかもしれないよって言ってるの」

「どっちにしても私のせいってことね？」

ダユンが割り込んだ。

「ヘイン、ソランは私のことも、キム・ダユンって呼ぶことあるよ」

ヘインは余計に興奮した。

「ほら！　キム・ダユンって呼ぶんじゃない！　あんた、苗字付けて呼ぶこともあるんだよ」

ダユンはため息をついた。

「ヘイン、私が言ったのはそういう意味じゃないでしょ」

弱火でずっと煮えていたトッポッキは、ソースが全部煮詰まって餅もフライパンの底にこびりついていた。ヘインは、真っ先に箸を置いた。ヘインはウンジがいなくなるのがショックだったし、ウンジに嫌味を言うソランが許せない気持ちだった。ソランは平気で約束を破るウンジにがっかりしたし、何かというとウンジの代弁者のようにふるまうヘインが不快だった。ダユンは、ヘインとソランが一体どうしてけんかしているのか理解できなかった。ウンジは、このけんかを収める責任が自分にあると思った。テーブルの上のガスバーナーを消して、みんなに聞いた。

「みんなでカラオケ行かない？」

いつだったか一緒に歌を歌って、もつれた感情が自然と解《ほど》けたことを思い出した。ヘインが私は帰ると言ってかばんを肩にかけると、ウンジがとっさにヘインのかばんをつかんで泣きついた。

「イ・ヘイーン！　このまま別れたら私、今晩眠れないよ。カラオケ私がおごるから。ね？」

「わぁ、行こう！　行こう！」

ダユンは心にもなく大げさに喜び、ヘインとソランは、しょうがないなあというようにあとについて出た。

カラオケに入っても、ヘインはしばらく顔を上げなかった。それでもウンジが無理やりマイクを握らせると、少しずつあとについて歌い出し、そのうち曲も自分で選んで、ほかの子と目を合わせて笑うようになった。ヘインが選んだ曲が出ると、ソランが自分も好きな歌だと喜んだ。二人で仲良くそれぞれのマイクを握って、完全に和解の雰囲気になってきた。ところが、ソランが熱唱しすぎた。ソランは声量がものすごい。

それに負けないようにヘインの歌は悲鳴に近くなった。ソランはだんだんしかめっ面になってさらに声を張り上げた。とうとう二人は、にらみ合いながらうるさいと文句を言い始めた。聞くに堪えない悪口が溢れ出た。マイクが入ったままだった。ダユンがヘインとソランの名前を交互に十回ぐらい呼んだが、聞こえないようだった。閉鎖された空間、濁った空気、規則的にキラキラと回るミラーボール、ずんずんずんずんお腹の中まで響くサウンド、四人はまるで魂が抜けてしまったようだった。

ウンジがヘインの肩をつかんで、自分のほうに引き寄せた。ウンジがシーッと言うと、ようやくヘインは正気に返ったのか、バチッとマイクを切った。ソランもマイクを切って、しばらくして曲が終わって、伴奏とミラーボールも止まった。ウンジがごめんねと言った。

「まだ決まったわけじゃないよ。駐在員に希望したからって、みんな行けるわけじゃないんだって」

ソランがにやりと笑いながら言った。

「じゃあダユンもキョンイン外高の願書出してみなよ！　願書を出したからってみんな入れるわけじゃないんだから」

いきなり名前を呼ばれたダユンがさっと目をそらした。ウンジがため息をついた。

「今日のチャ・ソランは変だよ。あんたじゃないみたい」

ヘインはソランをじっと見て言った。

「私から見たら、いつもどおりのチャ・ソランだと思うけどね」

ウンジは、視線を落としているソラン、隅に座っているソラン、表情のないソランを思い浮かべた。目立たない外見と性格、すごく優れてはいないけれど悪くもない成績、ごく普通の四人家族……。ウンジはソランのすべての平凡さがうらやましいとよく思った。ところが、ヘインの言葉を聞いてある場面を思い出した。視線をそらしているけれどじっと耳を傾けて集中した表情、隅に座って静かに挙げた手。ごくたまに現われる突拍子もない意地っ張り。振り返ってみると、一年生の秋の文化祭があんなに大変なことになったのも、ソランが発端だった。

文化祭には、すべてのクラブが参加しなければならない。映画部はほぼ毎年ポスター展示会をおこなっていて、文化祭の準備は部室のギシギシいうキャビネットから紙筒を取り出すことから始まる。その中から、くるくる巻かれたポスターを取り出して広げて、色があせて到底展示できないものを抜き出す。空は高く風は清々《すがすが》しく、日の光がぽかぽかと気持ちの良い秋の日、別館に向かう小道にたった三日展示するだけなのに、ポスターは一年一年、目に見えて色あせていた。

三年生たちは先に家に帰り、一、二年生だけが残った会議の時間、無邪気な顔で違うことをしてみようと言ったのはソランだった。

「私が思うに、うーん、つまり、映画も今や4Dで観る時代なのに、平面のポスターは、悪くはないけど、いや、いいんですけど、あんまり目を引かないんじゃないかと思います」

キャビネットを開けて紙筒を取り出していたダユンが、ああっ、と悲鳴を上げた。八つもある筒を一度に持とうとして、一つがすべって胸からこぼれ落ちて、それをつかもうと腕を動かしてまた落として、結局全部落とした。土色の紙筒は子犬のように四方に飛び跳ねて転がった。

ソランとヘインがしゃがみ込んで紙筒を拾い、ウンジはダユンの足をいかにも心配そうに見て大丈夫かと聞いた。みんなの関心がダユンに集まって、ソランの提案は埋もれてしまいそうだった。ソランは、妙にすべての状況がいつもダユンを中心に回っていると感じていた。

紙筒を片付け終わって、ウンジがソランにあらためて聞いた。

「さっき話の途中だったよね？　それで、ポスター展示じゃなくて他のことをやってみようってこと？」

ソランはゆっくりうなずいた。ダユンはどこかに腕をぶつけたのか、左の手のひらで右腕をさすり続け、ヘインはテーブルの上に紙筒をきちんとそろえて並べた。ソランが腕組みをした先生に向かって言った。

「あるいはポスター展示をして、同時に小さなイベントもするというのでもいいと思います」

二年生の一人が大きな声でいいね！と言った。本当にいいアイデアだからなのか、早く会議を終えたいからなのかはわからないが、とりあえず同意一名。ソランがぎゅっと閉じていた唇をそっと開いて、ふっと息を吐き出した。先生が一年生のほうを見回しながら言った。

「じゃあ、次の集まりまでに、一年生は今度の文化祭に何をしたらいいか、アイデアを三つずつ持ってくるように。今日の会議はこのへんにしとこう」

「私たちだけですか？」

ヘインが質問すると、先生がにやりと笑った。

「先輩たちは勉強があるからね。これからは一年生が担当するってことだ」

二年生たちが先に部室を出て、一年生四人はそれぞれの表情と感情のままその場に残った。みんなが何か言う前に、ソランがごめんねと言った。どうしても変えなきゃいけないと考えたわけではなく、ただ自由にアイデアを出す場だと思った……、と話す声がどんどん小さくなってほとんど聞き取れなくなった。

ヘインがウンジに向かって、今日はもう帰ろうと言った。ウンジはためらっていたが、ソランとダユンに帰ろうと言って、ヘインと先に出て行った。ウンジとヘインが先に歩き、五、六歩遅れて、ダユンとソランが歩いた。

ヘインが小さくつぶやいた。

「うちの学校、去年、外高に行ったの二人なんだって。科学高校なんて一人も行けなかったんだよ」

ウンジがヘインと同じくらい小さい声で言った。

「先生がいちばん笑える」

「先輩たちはぁ、勉強があるからねぇ。その先輩たちぃ、勉強もできませぇん。はぁ」

ヘインが先生の口調を真似すると、ウンジがこぶしで口を覆って笑った。その何でもない冗談が考えれば考えるほどおかしくて、二人は向かい合ってまたしばらく笑った。

そして、そんなヘインとウンジの姿が、今は十歩ぐらい遅れて歩くソランの目にざらざらと入ってきた。ヘインがウンジの耳に顔を近づけて深刻な表情で何かを話し、次にウンジがヘインの耳に顔をあててまたちょっと話し、そして二人で顔を見合わせて突然笑い、びくっと肩をすぼめて周囲を見回す。二人の間を話が行き来しているのを、ソランは自分のことを話しているように感じた。ダユンも気になるようだった。

「あの子たち、すごく仲いいね」

その日から、ソランはヘインが自分を嫌がっていると感じるようになった。ヘインは早く部室に来て、隣の席にかばんを載せておいてウンジを座らせた。会議の時おやつを分け合って食べているのに、ソランが持って来た甘栗とソーセージは食べなかった。廊下で出くわした時、嬉しそうにやっほーと言うソランに、ああ、こんにちはとそっけなく返したりもした。ソランは説明できない感情に包まれた。腹が立つというか、残念というか。少しずつ力が抜けていった。

先生も先輩たちも手を引いた文化祭の準備のほうは、何の進展もなかった。ウンジが四人の時間を調整して、新しくできたかき氷屋にみんなを呼び出して財布からカードを取り出してみせた。

「何でも注文して。今日は塾の費用を支払う日だから、お母さんのカード！」

ソランが聞いた。

「使ったらメールが行くんじゃない？」

「今日は大丈夫だよ。変なことに使ったり、たくさん使い過ぎさえしなければ何も言わないよ。塾代の支払い日は、お母さんのカードを使える日なんだ」

「うちのお母さん、私がカードを使うとすぐに電話してくるよ」

「こうやってカードが使えるから、私、塾をやめられないでしょ。うちのお母さんの作戦だよ」

それでもあまり使い過ぎるのは気が引けて、マンゴーかき氷の大きいのを一つだけ頼んだ。呼び出しベルが振動すると、ピックアップカウンターに一番近いヘインがかき氷とセルフサービスのスプーン、ナプキンを持ってきた。そしてテーブルにお盆を置いて、固まった。

「あれ？　スプーン三つしか持ってこなかった」

その瞬間、ソランは悲しい気持ちがこみ上げてきた。その三つのスプーンがソランを除いた三人のものというわけではない。ヘインがわざと忘れたわけでも、ソランに食べさせないようにしたわけでもない。ソランもよくわかっている。わかっていながらも涙が出た。泣く姿を見られたくなくて、かばんを持って店を出てしまった。内心一人くらい自分を追いかけてきて慰めてくれるのではないかと期待したが、最後まで一人だった。

ソランは映画部をやめようと思った。去年も変えてくれたらしいから、今年も変えてくれるだろう。映画部の先生に言えばいいのか。担任の先生に聞いてみようか。一年生たちに挨拶はしたほうがいいだろうか。そのついでに正直に言いたいことを全部言ってからやめようか。あれこれ考えて一晩中よく眠れず、次の日学校で一日中あくびをしていた。

終礼後、教室から出てくると、下駄箱の横にダユンが立っていた。ダユンが時間はあるかと聞くので、ソランは、英語塾に行かなければならないので一〇分くらいしかないと答えた。

「塾はどこ?」

「アイビーリーグ」

「あ、じゃあ一緒に行こう。私も白亜《ペカ》ビルに行くの」

ソランとダユンは、アイスバーを一つずつ持って白亜ビル一階のコンビニ前のパラソルの下に座った。ソランはジアのことを思い出した。五年生の冬、雪の降る日、ジアと食べたアイスクリームも。ジアはアイスクリームが好きだった。真冬にもアイスバーを食べながら道を歩いたりした。今シドニーは春かな。ジアはそこでもアイスバーをくわえて歩いているだろうか。ぼおっと考え込んでいるソランを見てダユンが言った。

「あんたを除《の》け者にしようとしたわけじゃないと思うよ。ヘインが間違ったっていうのもきっとそうなんだろうし、あんたが悲しいって思うのもよくわかるよ。私もあんたと同じ気持ちになることあるから」

「あんたとは仲良く見えるよ。あんたたち三人でよく話してるじゃん」

「そうかな？　それでも、あの子たち二人があまりにもべたべたしてるから、ちょっとね。私だけ知らないとか、私だけ笑えないとか、私だけ空回りしてる感じのことが多いし。ウンジはまだそれほどでもないけど、ヘインはちょっと……」

そこまで言って、ダユンはぴたっと口をつぐんだ。

ソランはアイスバーの木の棒をくちゃくちゃ嚙みながら、ダユンが言った「べたべたしてる」という言葉を嚙みしめた。映画を上映中の明かりの消えた部室で、ヘインとウンジはいつも一番後ろの隅に座った。その前に座ったソランの耳に、ひそひそとささやく低い声が聞こえることもあったし、くすくすと口を塞いで笑いをこらえるのが聞こえることもあった。

ブラッドムーンが浮かんだ夜のことを思い出した。嫉妬しているとか、二人のうちの一人に特別な感情があるわけではない。でも心がつらかった。かすかなチョコレートの香りがしていた木の棒から、ざらざらしてむかつくような紙の味がする頃、ソランが言った。

「実は、映画部やめようと思ってるの」

「そうだろうと思って、今日、話そうって言ったんだ」

ソランは、気にかけてくれるダユンがありがたくはあったけれど、それが私のことを好きだからでもなく、私のためでもなく、除け者にされる気持ちを一人で味わいたくないからのようで、そんなに嬉しくもなかった。あの日どうして私を追いかけてきてくれなかったのかと聞きたかった。どこまで正直に言っていいか悩んだが、ダユンが先に付け加えた。

「私がやめるなと言ったって、まあ、あんたが自分で決めることだよ。でも、あんたが今持っている心はねじれてるんじゃないって、私もそうだって教えてあげたかったんだ。今じゃないと話す機会がないと思って」

ソランは椅子から立ち上がり、そろそろ行こうと言った。コンビニの入口に置かれたごみ箱にアイスバーの包装と木の棒を投げてゴールインさせ、建物の入口の方に足を運びながら聞いた。

「あんたは何階に行くの？」

ダユンが口ごもった。

「何？　秘密？」

「いや、実はここに用事ないんだ。私はもう家に帰るよ」

「あ、そう。じゃあね」

ダユンはにっこり笑って手を振った。余計に申し訳ない気持ちになって、もじもじするソランにダユンが言った。

「入んなよ」

「うん。あんたが先に行って。行くのを見てから上がるよ」

「もういいよ。塾始まるよ。早く行きな」

ソランはダユンと先に行けと言い争っていると、なぜかヘインとウンジみたいだなと思った。照れくさいけど気分は悪くなかった。ヘインほど苦手ではないが、なぜか心を開けなかったダユンにちょっと興味が湧いてきた。その時二歩ほど離れていたダユンが、一歩近づいた。

「私もあの子たち、特にヘインはあまり好きじゃないんだ。でも私たち四人なら、なんだかうまくいきそうな気がする」

愛の告白でもした人のように、ダユンは背中を向けて夢中で走っていった。ソランは遠くなるダユンの後ろ姿を見ながら、本当にそうかな？と独り言を言った。

実はソランは、アイビーリーグに通っていなかった。ジアと連絡が途切れたあと、ソランは意欲を失い、塾もすべて辞めた。いつになったら以前と同じ心と日常に戻れるかわからなかった。ソランは階段で白亜《ペカ》ビルの三階まで上がって、また下りてきた。

約束した会議の時間より一〇分も遅れて来たのに、映画部の部室にはどうしたことかヘインしかいなかった。

「あ、ソラン」

一度も先に声をかけてきたことのなかったヘインが顔を向けて言った。ソランは短くうん、と言って、ヘインの隣を空けてその隣の席に座った。ヘインは、ソランを一度ちらっと見て言った。

「あんたやめるんじゃないかって心配してたの」

「なんで？　みんなにあんたのせいだって言われるんじゃないかと思って？」

「あんたがやめるとしたら、私のせいに決まってるじゃない」

ソランは笑いとため息が同時に出た。

「こうやって話せるのに、なんでいつも私にあんな態度なの？」

「あんたが嫌いなんじゃないの。私が単純だからだよ」

一体どういう意味なのかさっぱりわからない返事だったが、ソランはなぜか固く締められていた心の結び目が緩むのを感じた。今度は、ため息をつくことなく、ただ笑った。言葉を交わさないのも、離れて座るのも、目を合わせないのも、こうしていると大したことじゃないな、と思った。その時ウンジとダユンが部室のドアを開けて入ってきて、幽霊でも目撃したように驚いて、どうしていいかわからないようだった。

人気映画俳優の写真で等身大パネルを作って、別館の前に立たせることにした。言ってみればフォトゾーンだ。ヘインが子どもっぽく、誰がそんな所で写真を撮るんだと嫌がったが、ヘインを除いたみんなはもちろん一緒に写真を撮りたいと言って興奮した。

「イ・ヘイン、完全実物大のＢＴＳのパネルがあるって考えてみなよ。あんたその横で写真撮らない？」

「撮るね。作ろう。どうせなら腕を組んだり肩を組んだりできるポーズで」

映画音楽と短編アニメーションの鑑賞ブースも作り、ポスター展示はしないことにした。答えが出そうになかった会議が何とか終わった。

本当に無事に終わったんだな。無事に会議が、一日が、そして事《こと》が過ぎていった。ソランは無事という言葉について考えた。無事。事が無い。何事もない。びっくりするような事が起きてくれることを望んでいた時があった。朝、目を覚ますと新しくて楽しい事が起こることを期待していた。期待が裏切られる日のほうが多かったが、失望はしなかった。また次の日に期待すればいいから。それがある時から、何事もないことを願うようになった。不安な気持ちで時間を過ごして、何事もない一日が終わっても、翌日何か起こるのではないかという不安感は消えなかった。二つの感情の境界を越えた瞬間を覚えている。ソランはその時、自分がもう子どもではないと思った。

ヘインとどうしてあんなふうに二人きりでいることになったのか、ソランはどう考えてもおかしいと思った。ダユンに、ひょっとして気を回して場を作ってくれたのではないかと聞くと、ダユンがからからと笑った。

「やっぱり映画の観すぎだよ」

等身大パネルの制作依頼からオーディオなどの機器の借用、映画音楽とアニメーションの上映許可を取ることまで、四人で分担してやった。イベントポスターの制作、床の矢印の貼り付け、会場の椅子並べ、来場者名簿の印刷に加えて、部室をきれいにすることも文化祭の準備に含まれていた。たった一度だけ顔を見せて、急き立てるだけで何もしない二年生たちを見て、四人は来年も映画部に申し込もう、そして私たちはああならないようにしようと誓い合った。

ソランが矢印の紙を、渡り廊下の床に貼った。鼻歌交じりで透明テープを矢印の上に貼って、手のひらでとんとんと叩いた。部室の掃除をしていて遅れてやってきたウンジが、矢印の前に立っておずおずと言った。

「あ、いいね。いいけど、もし雨が降ったら濡れるかもしれないから、テープをもっと貼ろう。私がやるよ」

ウンジは、ソランが貼っておいた透明テープの両側に、テープをさらに何重にも貼った。

遠くからウンジとソランを見ていたダユンが叫んだ。

「ねえ！　矢印の間隔、空《あ》きすぎだよ。誰も訪ねて来られない。間にもう一枚ずつ貼ったほうがいいよ！」

ソランは矢印を貼ることだけに熱中して、振り向きもせずに答えた。

「これだけ貼ってあれば、来たい人はみんな来られるよ」

結局、ダユンが矢印の間にもう一枚ずつ矢印を貼った。ヘインに一緒にやろうと言ったが、ヘインは首を横に振って部室に入ってしまった。

「どうせみんなそんなの見やしないのに。先生がやれって言うからやるんじゃなかったの？ホントにみんな矢印を見てやって来ると思ってるの？」

たくさんけんかした。大変だったし、疲れたし、難しいことばかりで、みんなピリピリしていた。何度も失望し、怒り、諦めた。自分の底を見せたし、相手の底も見た。だからこそ信頼が生まれたし、不信が芽生えた面もあった。とにかく、文化祭の準備をする間に、ソランとダユンとウンジとヘインは、「いつも一緒にいる四人」になった。

水曜日は展示プログラムだけだった。小講堂と別館のロビーには、木工芸、陶芸、カリグラフィー（文字を美しく見せるアート）、マクラメ（紐を結んだり編んだりして模様を作る手芸）などのクラブの作品が、通学路に沿って立てた臨時掲示板には、生徒たちが美術の時間に描いた絵が展示された。

木曜日から別館の美術室と会議室、調理室で体験プログラムが開催された。エコバッグとドリームキャッチャー（アメリカ先住民に伝わる魔除けのお守り）作りは有料なのに人気が高く、お父さんたちが作って売るトッポッキとミニキムパプのブースも生徒たちでにぎわった。一番人気のあるブースは、数学クラブのタロットカードブースだった。数学とタロットカードが一体何の関係があるのか、即席で習ったという占いが本当に信じるに値するかはわからないが、廊下まで行列ができた。別館に人が殺到したおかげで、半地下にある映画部の部室もにぎわっていた。

毎時ちょうどのアニメ上映会は毎回完売だった。音楽鑑賞ブースも空いている時がほとんどなかった。準備の時は忙しいけど、いざ文化祭が始まればあまりすることがないだろうという予想に反して、一年生はずっと部室の番をしなければならなかった。来場者が多いので、チケットを発行して座席に案内し、後片付けをするのも容易ではなかった。

いかにも在校生の父親らしい中年男性がお金を借りに来たりもした。財布を置いてきてしまってと、千ウォンでいいから貸してくれと言った。

「二年一組のウォンジェの父親なんだけど。うちの末っ子がもうキムパプをつまんじゃったんだよ。明日も来るから。必ず返すよ」

「じゃあ、キムパプを売っているお父さんたちに、明日持ってくるからと言ってみたらどうですか」

「お父さんたちには言いにくいんだよ。そんなこと言わずに千ウォンだけ貸してくれよ。踏み倒さないから」

ダユンが困っていると、少し離れた所で折り畳み式の椅子を広げていたヘインが近づいてきた。ポケットに入れた紙幣を取り出して広げると、おじさんがいきなり手を伸ばした。ヘインが一歩後ろに下がって尋ねた。

「二年一組の誰のお父さんですって？」

「ええと。ウォンジェ、ウォンジェ。ウォンジェの父親だよ」

「何ウォンジェですか？」

「うん？　キム。キム・ウォンジェ」

ヘインは千ウォンをおじさんの手に握らせて、必ず返してくださいと言った。おじさんはわかったと言って、急いで映画部の部室を出て行った。ダユンが首を横に振りながら後ろを向くと、ヘインは独り言のようにつぶやいた。

「スーパーとか、食堂とかに、ああいう変な人、たくさんいるんだよな」

ソランが付け加えた。

「そうそう。うちのお母さん、スーパーのオフラインのＭＤ[21]なんだ。お母さん言ってたけど、本当にいろんな人がいるんだって。レジやカスタマーセンターの女史たち、すごく苦労してかわいそうだって」

ダユンが突然にやりと笑った。

「そういうおばさんたちを女史って呼ぶの？　おかしいの。女史って何なの、女史って」

ヘインは黙ってスクリーンの前に戻り、ただ椅子を並べ続けた。最低限の良心を示しておやつを買ってきた二年生たちは、二年一組にキム・ウォンジェという生徒はいないと言った。何だよ、踏み倒すのかよ、笑えるおじさんだ、というようなことを言い合って、みんな笑った。ヘインだけが笑わなかった。ウンジがヘインに尋ねた。

「イ・ヘイ──ン、あのおじさん探しに行ってみる？」

ヘインは答えなかった。実際、聞いていなかった。かわいそうな女史たちについて考えていた。女史という呼び方がおかしいというダユンより、女史たちがかわいそうだというソランの言葉のほうが嫌だった。


文化祭の最後の日程のクラブの発表まですべて終わって、ダユンはあえて一人で等身大パネルを運んだ。一八〇センチを超えるうえに、肩を組むように片腕を伸ばした等身大パネルをしっかり抱きかかえて、よろめきながら階段を下りた。等身大パネルが無事に部室に入ると、ウンジが拍手をした。

「危ない恋人みたいだった」

ダユンは等身大パネルのお尻の部分をとんとんと叩いた。

「三日間お疲れ様、私のぺちゃんこの恋人」

きちんと並べられていた椅子はあちこちに散らばり、床にしっかりと貼ってあった矢印は、透明テープと絡まって太い紐みたいになってテーブルにぐちゃぐちゃに置かれていた。やっと片付けを終えて部室を出ると、ヘインのお腹がぐうと鳴った。

ウンジの家でパジャマパーティーをした。文化祭の最終日で、金曜日だし、ウンジのお母さんがみんなの家に電話をかけて許可を得てくれた。おばあさんが作ってくれた海鮮トッポッキとおにぎりを分け合って食べて、久しぶりにブルーマーブル（ボードゲームの一種）をしている時、ウンジのお母さんが今度はチキンを頼んでくれた。みんなは、お腹いっぱいです、もう食べられません、と言いながら、脂ぎった指をちゅうちゅうしゃぶりながらきれいに食べてしまった。ヘインだけ、ほとんど手をつけなかった。ウンジが食べないの？と聞いた。ヘインはチキンが好きじゃないと正直に言おうかとも思ったが、トッポッキをたくさん食べたのでお腹がいっぱいだと答えた。それがウンジのお母さんに対しても、友だちに対しても礼儀だと思った。

深夜〇時を過ぎてから、交代で入浴して、居間いっぱいに敷いた布団の上に並んで横になった。ウンジが一番端に横になり、ソラン、ダユン、ヘインの順に陣取った。奥から場所を取っていっただけで、誰も決まった場所を気にしていないようだった。ソランは真ん中に寝られて良かったし、好きなウンジとダユンが両隣にいて良かったし、ウンジとヘインが離れて、それも自然に別々になったことが何より良かった。

「ついに終わった！」

ヘインはすっきりした様子でゴロゴロ転がりながら叫んだ。ウンジのおばあさんが部屋から出てきて、やれやれ、お嬢さんたち楽しそうだね、と言って、静かにしろとか早く寝ろと言うこともなく、バスルームに寄って部屋に戻った。

大変過ぎた、来年はポスター展示にでもしようと後悔を口にしながら、文化祭の話をし続けた。思ったよりフォトゾーンが人気だったね、行列を作って写真を撮る子たちもいたよ、短編アニメーションのチケットが売り切れになるとは思わなかった、さっき一人でＯＳＴ（オリジナルサウンドトラック）を聞いていった三年生の男の先輩、素敵じゃなかった？　だれだれ？　あの紺色のカーディガン？　わかんない、素敵な男の先輩は一人も見かけなかった、素敵な女の先輩はいたよ、あの背の高い二人？　そう！　すごいカッコ良かったよね、というような会話をしているうちに、眠ったのか、一人ずつ静かになった。その時ヘインが言った。

「私が左側に載せたよ」

「何を？」

ソランが聞いた。ヘインの答えはなく、ダユンが代わりに言った。

「この子寝てる。寝言だよ」

ちょっと笑って、また静かになった。ソランは、部室でキムパプだけの食事を済ませ、部屋の隅で塾の宿題をし、ウンジの口紅を塗っていた三人の姿を思い出した。いろんなことを考えたせいか、寝床が変わったせいか、ずっと寝返りを打っていた。

うとうと眠りについたが、かすかに柔軟剤の匂いが感じられた。小さい頃、家族で遠出した帰り、車の中で寝てしまって、お父さんがソランを起こさないようにそっと抱いて部屋に寝かせて肩まで布団をかけてくれたことがある。全部知っていたし、聞こえていたし、感じていたんだけど、とろんとした眠りがソランをつかまえて到底目が覚めなかった、その時の気分だった。それにしても、うちの柔軟剤が変わったのかな、と夢うつつで考えて、あ、ちょっと待って、ここはどこ？　今、何時？　慌てて目を開いた。

初めて見る丸い照明、なじみのない布団の感触。右側にはダユンが眠っていて、左側は空いていた。ソランはスイッチが入ったようにパチッと目が覚めた。今日は文化祭が終わった夜で、ウンジの家に集まって遊んで、眠ったことを思い出した。ところが、ウンジがいない。ソランは上体を起こした。夜明けの光がかすかにカーテンを通して入ってきて、ダユンの広い額がはっきりと見えた。首を伸ばして、ヘインが布団にいるかどうか確認した。

「目が覚めた？」

ソランはびくっと体を震わせて、声のする方を向いた。ウンジが居間の隅のマッサージチェアにすっぽりうずまって、ソランを見ていた。きょろきょろ見回す姿がばれてしまったけれど、心の中までは読まれたはずはないと思って、ソランは何でもないように聞き返した。

「そこで何してるの？」

「すごく疲れたからか、いつもと寝床が変わったからかな。ずっと起きてたよ」

「私も。でも寝なきゃ。こっち来て横になりなよ」

ウンジはカタカタと音を立ててマッサージチェアから降りてきた。元の場所、つまりソランの隣のぐちゃぐちゃになった布団にすっぽり入って、ソランのほうに体を向けて横になった。そして息が半分混ざった声でひそひそと話した。

「あのね、マッサージチェアは、うちのおばあちゃんが朝晩熱心にやってるんだけど、うちで一番長く座ってる人は私だよ。マッサージはつけないの。ただ座ってるだけ。あの中に座ると、抱かれてるみたいだし、おばあちゃんの匂いもするし、好きなんだ」

「あ、そうなんだ」

何てことない返事をしたが、ソランはうるっと涙が出そうだった。ウンジが手を伸ばせば届くほど顔を近づけ、両目を合わせ、自分だけに、小さな声で、たわいのない話をしてくれた。嬉しいという言葉では表現しきれなかった。ソランは、みんなが大事にこね上げた感情の塊《かたまり》の中に、自分も、固い殻を突き破ってすうっと入っていった気分だった。

文化祭以降、四人はしょっちゅうウンジのクラスに集まった。本当は休み時間には他の教室に行ってはいけないことになっている。減点一点だ。だからといって自分の教室だけにいる子はいない。減点条項はとても厳格なのに、生徒たちはその減点をあまり怖がっておらず、先生たちは減点のほかには方法がない。それで減点は厳格になり、それでも生徒たちは無視して、先生には方法がなくて……無限ループだ。

ウンジは遊び道具をたくさん持っていた。弁当袋の大きさのポーチを持ち歩いていたが、その中にはいろいろな化粧品とメイク道具、使い捨てのつけまつげ、ネイルケア、タトゥーシールにピアス、イヤリングなどの小さなアクセサリーがぎっしり詰まっていた。四人は、爪にシールを貼ったりイヤリングをつけたりして遊んだ。

そうしているうちに、学年末試験という危機が近づいた。一年間学んだすべてが試験範囲だった。四人は、カカオトークのグループトークのウィンドウを開きっぱなしにして、お互いの進度を確認したりわからないことを聞きながら、それぞれの部屋で一緒にいる気持ちで勉強した。あまりにも眠い時は、起こしてほしいと頼んで少し目を閉じたり、気が散って他のことばかりしてしまう時は、フェイストーク（カカオトークのビデオ通話機能）でお互いを監視したりもした。おかげでダユンが意外と散漫なこと、ヘインがしょっちゅうニキビを潰していること、ウンジがぶつぶつ言いながら覚えること、ソランのお母さんが頻繁に部屋に入ってくることを知った。これからもずっとこうやって勉強しようと約束した。

二年生の時、ダユンとソランが同じクラスになって、今度はソランの席がアジトになった。ソランは、友だちが自分のところに集まってくるのが嬉しかった。でも集まってもそれぞれ自分のケータイを見ていた。イヤホンをつけて音楽を聴いたり、映像を見たり、インスタやフェイスブックで文章をシェアし、「いいね！」を押し、コメントを付けた。

ソランはなぜか友だちがあまり楽しそうに見えなかった。義務感で集まっているのか、私のところが面白くないのか、気になったが聞けなかった。ソランは、気まずくならず、相手を傷つけない質問の仕方を知らない。知っていたらジアとあんなふうに連絡を絶っていなかっただろう。

三年生でもダユンとソランは同じクラスになったが、四人はもう休み時間ごとに集まることはなかった。

カラオケ事件以後、ソランはずっと一人でいることが多くなった。そしていつもイヤホンをつけていた。この前の誕生日に、お母さんにせがみにせがんで買ってもらったワイヤレスイヤホンで耳を塞いで、誰の声にも答えなかった。すっぴんで登校した子たちが大慌てでメイクをするのに忙しい朝の時間、ソランの隣の席の友だちが、肩をトントンと叩いて聞いた。

「何聴いてるの？」

ソランはイヤホンを外して、歌、と短く答えた。

「本当？　すごく小さい音で聞いてるみたいだね。外に音が全然漏れてこないよ」

ソランは顔がかっかと火照った。何でもないように笑ってもう一度イヤホンをつけたが、心臓があまりにも早く脈打った。実はソランのイヤホンからは何の音も出ていなかった。友だちが何の歌を聴いているのか聞いてきたり、一緒に聴こうと言ってくるのではないかと、ソランはすぐに席にうつぶせになった。友だちは、またソランの肩を叩いた。ソランは伏せたまま、友だちのほうに顔を向けてイヤホンを外した。心配そうな目で友だちが聞いた。

「大丈夫？」

「ん？」

「あんた、ホントに大丈夫？」

私が大丈夫じゃなかったら何なのかと、なぜそんな質問をするのかと聞きたかったが、ソランはぐっと我慢した。

カラオケに同じ学校の子たちがいた。よりによってソラン、ダユンと同じクラスの子たちだった。一人がトイレに行った時に、けんかの声がマイクにのってわんわんと響いていたので、窓にくっついて中をのぞいて見たらしい。次の日、教室にはいつも一緒にいたあいつらが大げんかをしたという話が広まった。二人がカラオケボックスが割れるような大声でけんかしていたが、もう一人は誰かわからないけど、一人は確かにソランだったという。けんかした、泣いた、髪の毛をつかんで倒した、二対二で争っていた、そうじゃなくて一人を残りの三人が攻撃した、いじめた、除け者にした……どんどん話が大きくなった。

ダユンとウンジとヘインは相変わらず仲がいいが、ソランだけが仲間外れになっているという話、三人は特目高の受験を準備しているが、ソランだけ違うという話、ソランは最初からあまり馴染めなかったという話が、SNS上のあちこちのトークルームや友だちの非公開アカウントで飛び交っていることをソランは知った。友だちが心配そうな表情で見せてくれた、あるトークルームの最後の言葉は「それでもチャ・ソランはいい子だよ」だった。

ソランは友だちにケータイを返して言った。

「これから誰かがこういう事を言ったら、チャ・ソランはすっごい悪い奴だって言ってよ」

友だちはしばらくあっけにとられていたが、こう言った。

「頭のおかしい奴」

「うん。頭のおかしい奴もいいかも」

友だちがにやりと笑った。

「大丈夫みたいだね。良かった」

ソランも一緒に笑ってやり過ごしたが、決して大丈夫ではなかった。四人は二年以上、ひと塊になって一緒に過ごしてきた。それでも愛情と力関係はいつもあちこちに傾き、すれ違ったり分かれたりを繰り返した。大小の亀裂が入っては埋まり、時には胸に大きな穴が開いて、それぞれ悩んだりもした。もちろん一見すると平穏だった。水中で両足を休みなくバタバタさせていても、湖の上の白鳥が優雅に見えるのと同じように。

私たちが一番仲の良かった時

二年生の冬休みが終わりに近づいた頃、ウンジが春休みに済州島に行こうと言った。三年生になったら思うように遊べないから、その前に一緒に旅行しようというのだ。喜んだのはソランだけだった。四人だけで行くのならともかく、ウンジのお母さんも一緒に行き、しかもウンジの家の別荘だというのなら、両親が許可しないはずがないとソランは思った。ところが、話を聞いたとたんに大喜びしたソランがきまりが悪くなるほど、ヘインとダユンは自信なげな顔だった。

「一応聞いてはみるよ。でも、お金がないからダメって言われるんじゃないかな」

「ダジョンが具合悪いのに、私だけ遊びに行くっていうのは……」

提案したウンジより、喜んだソランのほうが恥ずかしかった。

「格安航空券をうまくゲットできれば、往復十万ウォンもしなかったよ。入場料のかからない観光地も多いし、ご飯は材料を持っていって作って食べればいいし」

ウンジの必死の説明に、ヘインが笑った。

「私も行きたいよ、ホントに」

「照明がすごく素敵な公園があるんだよ。真っ暗になると外壁に映像を映すんだけど、それがすごいのよ」

ウンジは、ケータイをテーブルの真ん中に置くと、ギャラリーから動画を探して再生した。みんなで額を寄せ合って映像を見て、うわぁ、うわぁと感嘆の声を上げていたが、ヘインが突然体を後ろに引いた。

「ああ、私、もう見るの止《や》めとくわ。お金ないの。うちマジでお金ないのよ」

ダユンも映像から離れた。

「私も行けない。うちの妹、具合悪いじゃん。一人で遊びに行くなんて言えないよ」

それぞれが抱えた複雑な現実を思い知らされる時間だった。ヘインはヘインで、ダユンはダユンで悲しくなった。ウンジがもう一度聞いた。

「つまり、みんな行きたい気持ちはあるんだね？　とりあえず行きたいって言ってみようよ。一度だけ自分勝手で、わがままで、悪い娘《こ》になろうよ。とにかく、この娘たちはいい子過ぎて困るよ」

「あんたは何も問題がないから、そんなこと言えるんだよ」

「そうだよ、悪い奴」

「私は悪い奴でいいから、あんたたちも一度だけ悪い娘になってみなよ。なんで言ってみる前からいい子になってるの？　私はきっと、みんな許可してもらえると思うよ」

ウンジの予想に反して、三人はみんな両親の許可を得られなかった。理由も予想とは違っていた。ヘインのお母さんは、ウンジのお母さんに申し訳ないからだった。子ども一人の面倒を見るのも大変なのに、四人も連れて旅行するのは負担が大きすぎると言った。いちいち手のかかる小さい子でもないし、ウンジのお母さんは保護者として同行するだけだとヘインが言ったが、無駄だった。

「じゃあウンジのお母さんがいなくて、私たちだけで行くならいい？」

「ヘイン、お母さん疲れてるの」

ダユンのお母さんは、お父さんが許可したら行かせてあげると言った。お父さんに電話すると、外泊はだめだとぴしゃりと言った。引率教師がいる公式行事以外は、二十歳になるまで絶対に外泊不可だと。それ以上何も言えなかった。

「わかりました。その代わり、二十歳を超えたら好きなように出かけていいんでしょ？」

「そうだ。そして、好きなようには家に戻って来られないけどな」

ソランの両親は、済州島が遠すぎるし、三泊四日は長すぎると言った。それなら家に呼んで、パジャマパーティーをしなさいと逆にソランを説得した。

「お兄ちゃんもいる家に、私の友だち泊めるの？」

「ドンジュが痴漢だとでも言うの？　済州島もパジャマパーティーもダメ！　全部ダメ！」

三人とも許可を得ることができないでいると、今度はウンジのお母さんまで反対に回った。いたずらにみんなを期待させて、両親まで困らせてしまった、静かに二人で行こうと言った。

「もういいよ。二人で行って何が面白いの」

「そうだね、やめよう。お母さんも行きたくなかったの」

完全に失敗に終わった四人が集まって、悔しい、がっかりした、うちのお母さんがあんなこと言うとは思わなかった、と愚痴をこぼすと、ますますどうしても行きたいという気持ちになった。親の判断をひっくり返したかった。

四人は額を寄せ合ってスケジュールを組んだ。学校前の空港バスの停留所で会い、金浦《キンポ》空港に移動するところから、三泊四日の間済州島を見て回って、済州空港を発って再び学校の前に到着するまで、時間ごとに具体的な動線を決め、交通費、入場料、割引方法も探した。すべての食事と間食も計画表に入れた。食堂の場所、メニュー、価格と、自分たちで調理する場合は調理法、材料費まで見積もって計算した。緊急連絡先と非常時用連絡網も作り、ソランとウンジがパワーポイントにまとめた。成果の発表をするような気持ちで、家族の前でプレゼンをした。

ウンジのお母さんとおばあちゃんは笑った。そんなに行きたいのか、誰のアイデアなのか、他の子の家では何と言っているのかと聞いた。ウンジはすごくすごく行きたい、一緒に出したアイデアで、友だちも今プレゼンしているところだから結果はまだわからないと答えた。

ウンジのお母さんは、全員が許可をもらえたら、一緒に行こうと言った。

ヘインは、絶対にウンジのお母さんに迷惑をかけないと約束して、お母さんに許可をもらった。

ソランの両親は、お兄ちゃんも修学旅行以外に家族と離れて旅行に行ったことがないと言って、まだためらっていた。ソランは最後の提案をした。

「勉強頑張るから。英語塾にもまた通って、オンライン講義もためないでちゃんと聞くよ」

「どうしておまえの勉強が条件になるの？」

お母さんはため息をついて、奥の部屋に入ってしまった。ソランは、ついて行って説得しようかと思ったがやめた。小さい時から、ソランが欲しいものを買ってくれたり、してくれたりするたびに、お母さんは必ず勉強と関連した条件をつけた。なのに、どうして私から言ったら嫌がるのだろう？　わからないという気持ちで部屋に戻ったが、しばらくしてお父さんが部屋のドアを叩いた。

「済州島に行かせてやったら、本当に勉強頑張るのか？　英語もまた通って？」

ソランはうなずいた。

「わかった。でも、お母さんが怒ってる。とりあえず先にお母さんと仲直りしなさい」

ソランは今度もうなずいた。するべき返事は全部したと思ったが、お父さんは部屋から出ていかず、ソランをじっと見ていた。

「ありがとう」

「お父さんも、ありがとう」

やっとお父さんはいたずらっぽく手を振って部屋を出た。ソランもあとについて出て、奥の部屋のドアを開けると、ベッドの背にもたれて座ってケータイを見ていたお母さんが、布団の中に頭まですっぽり入ってしまった。すぐに布団が揺れ動いた。泣いてるのか？　そんなに嫌だったのか？　恐る恐る布団をはがすと、くすくす笑いをこらえる声が聞こえた。

「お母さん笑ってるの？　泣いてるんじゃなかったの？」

「なんで私が泣くの？　泣くことがどこにあるの？」

お母さんは、逆に泣きそうなソランの背中を軽く叩いた。

「理由はともかく、ホントに勉強頑張るのよ。済州島、気を付けて行ってきなさい」

ソランは部屋に戻り、ケータイをつけた。グループトークにすでにヘインとウンジのメッセージが上がっていた。ヘインがまず「成功」、続いてウンジも「私も成功」、その下で熊がお尻をぴくぴくさせて踊っていた。ソランも返事を書こうとしたが、ちょっと待てよと手が止まった。何だかダユンの報告を先に聞きたかった。ダユンは、いつもカカオトークの確認が遅い。

しばらく待ってもダユンは何も言ってこず、ソランは歯医者の待合室に座っているような気分だった。キーンという医療機器の音、消毒薬のにおい、ぎこちない静寂、緊張感。ウンジが聞いてきた。「ソランは？」仕方なくソランが答えた。「可能」。なんでさっさと言わないの、心臓に悪いよ、緊張した、という恨みのメッセージが間髪を容《い》れずに上がってきた。

一時間以上経ってから、未読の人数を示す吹き出しの横の数字「1」が消えた。そしてさらに一時間くらい経って、ダユンのメッセージが上がった。「三人だけで行って」。ソランはため息が出た。両親の許可が得られないわけではないということだ。妹が気にはかかるが、必ずしもそのためでもないということだ。ヘインが、つまり行けるの？　行けないの？　とまた聞いて、ダユンはよくわからないと答えた。同じような会話が繰り返された。あの子は一体、どうしたいんだろう。ソランは独り言を言って、グループトークを閉じた。

毎日毎日、気温がぐんぐん上がった。一週間のうちに人々の服装は、膝を覆っていたロングダウンからトレンチコートへと軽くなった。ソランは済州島で着ようと買ったウールのコートを諦めきれず、中に半袖のTシャツを着て、新しいコートを羽織った。

空港バスの停留所に一番先に来たのはソランだった。すぐにウンジとウンジのお母さんが来て、ヘインが来て、ダユンが最後に到着した。ダユンのお母さんも一緒だった。

ダユンをこの場に来させたのは、言ってみればソランだ。ソランはずっと迷っているダユンに、一人でも行かなかったらウンジのお母さんが許可しないんだよ、結局私たちみんな行けなくなるんだよ、両親も許可したというのにはっきりしないでいる理由は一体何なの、と追及した。主語を「あんた」ではなく「私たち」に変えて、十回くらい聞いた。それで私たち行けるの行けないの？　私たち旅行に行けるの？　私たち済州島行くの？　結局ダユンは、泣きながらうなずいた。

ソランは申し訳ない気がして、ダユンのお母さんにぺこりと頭を下げた。ダユンのお母さんの黒いつっかけの中の真っ白なウールの靴下が目に入った。ダユンのお母さんは優しくソランの頭をなでて、ウンジのお母さんに近寄って繰り返しお礼を言った。

「ダユンは何も言わないけど、すごくワクワクしていたみたいです。今日の明け方なんて、何度も目を覚まして、そのたびにスーツケースを見て、また見て……。ダユンはこれまで、妹のことがあって、旅行なんて一度もまともにしたことがないんです。飛行機も初めてで。よろしくお願いします」

「心配しないでください。ダユンちゃん、賢いじゃないですか」

ソランは空港に行くバスの中で、ダユンのお母さんの話を思い返した。ダユンがすごくワクワクしていたみたいです。スーツケースを見て、また見て……。ほら、自分も行きたいくせに。ソランは、友だちの気をもませたダユンが恨めしかった。ダユンは、妹に申し訳ないと言ってわんわん泣いてさえいた。揺れていた小さな肩、髪の生え際に沿って額に浮かんだ汗の玉、額の真ん中に浮き出た血管。今ダユンの心は、申し訳ない気持ちとワクワクした気持ちの間のどの辺にあるのだろうか。背中があまりにも熱くて、ソランは結局コートを脱いで手に持った。

梨湖《イホ》テウ海岸（済州島の済州市中心部から一番近い海岸）に行った。済州島に行ったら、海を、冬の海をまず最初に見なければならない。早くから日程表の一番は、空港に近い梨湖テウ海岸と決めていた。ウンジのお母さんが海の見えるカフェでコーヒーを飲んでいる間、四人は海辺を歩き、走り、波に押し寄せられたワカメを投げて遊んだ。天気が良くて、遠くの漢拏《ハルラ》山《サン》（済州島にある韓国最高峰。海抜一九五〇メートル）がくっきりと見えた。青いどころか濃い藍色の海の上に、日の光が絶え間なくきらめいていた。

夕飯を食べに移動する車の窓から「ミカン狩り」の立て看板を見つけたのはソランだった。通り過ぎながら、面白そうと独り言を言った。助手席のウンジが首をぐっと回して、何?と聞いた。

「今ミカン農園を通り過ぎたよ。なんで私たち、それを思いつかなかったんだろう? 済州島といえばミカンなのに」

「そうだね。ミカン狩り、面白いのに」

「やったことあるの? 私は一度もない。さつまいも、ジャガイモ、落花生は採ったことあるけど。そういえば土から掘り出すものばっかりだわ」

ウンジのお母さんが口々に残念がる子どもたちをルームミラーでちらっと見た。

「やればいいじゃない。必ず計画表通りにしなきゃいけないってことはないでしょ? 今、車回すよ」

子どもたちの歓声とともに、レンタカーが大きくUターンした。

農園の社長は、四つのかごに軍手と剪定《せんてい》ばさみを一つずつ入れて渡してくれた。へたの先はできるだけ短くしないと、かごの中で他のミカンを傷つけてしまう、小さいミカンもみんな熟してるから、大きさに関係なく採れば良いと説明し、皮の白い粉は、農薬ではなく栄養剤だから心配しなくていいという言葉も付け加えた。

「持ち帰れるのはこのかごに入るだけだけど、食べるのはいくらでも大丈夫です。皮はそのまま下に捨ててください」

「時間制限は？」

「時間制限なんてありません。思う存分食べてください。ミカンなんてそんなに食べられませんよ」

「私たち最近ホントによく食べるんです。もしかして親戚に私たちくらいの子とかいませんか？　一人一箱くらいは食べちゃうと思いますよ」

「まあ、では、思う存分ではなくて良心的に食べてもらうことにしましょう。ミカンの一日のおすすめ摂取量は二つだということを忘れずに」

社長は、苦笑いをして四人を交互に見つめた。

ミカン畑に入ったとたん、ウンジは夢中になって食べ始めた。ヘインは手あたり次第ミカンを取ってかごに入れながら、ときどき皮をむいて食べるのも忘れなかった。ダユンは大きなミカンはかごに入れ、小さくて不格好なミカンだけを皮をむいて食べ、ソランは丸く、すべすべしたきれいなミカンだけを選び、丁寧にへたを切ってかごをいっぱいにした。ダユンがミカンで口をいっぱいにして、にやにや笑い始めた。ウンジが怪訝な表情で見つめると、ごくりと飲み込んで答えた。

「計画にもなかったこのミカン農園に来て、ミカンでお腹を満たしているのって、考えてみるとおかしくて。しかもすごくおいしいじゃん。私が生まれてから食べたミカンの中で一番おいしい」

そう言うと今度は、ソランに向かって声をかけた。

「だからチャ・ソラン、あんたもとりあえず食べなよ」

ソランは、ようやく持っていたミカンの皮をむいて、一度に口の中に入れた。ソランの目がだんだん大きくなった。ダユンがくすっと笑って、ソランにおいしいでしょ?と言った。

ソランは、大きくうなずいて聞き返した。

「私たちがスーパーで買って食べるミカンと品種が違うのかな?」

「同じでしょ」

「でもどうしてこんなにおいしいの?」

ヘインが答えた。

「外で食べるから」

今度はダユンが真剣な顔で答えた。

「期待してなかったから。予想してなかったから。計画してなかったから」

ウンジが首を横に振った。

「前にお母さんが言ってたけど、私たちがスーパーで買うミカンは、まだ緑色の時にもいで、中間流通段階を通って来るあいだに一人で熟したものだけど、これは木と日光から最後まで栄養分をもらいながら熟したからおいしいんだって」

ヘインは笑いながらウンジの肩を軽く押した。

「ダユンが久しぶりに感動的なことを言ったのに、訳知り顔でそんなこと言って」

昼が短くて日が暮れるのが早かった。暖かいミカン色の夕日が、木々の間に広がっていった。ソランは、丸くてぷりぷりのミカンを一つ採って、回しながら袖でこすった。ほこりが拭われると、皮をむいて食べるのがもったいないほどミカンの皮がきらきら光っていた。ウンジの言葉が頭の中でぐるぐる回った。緑色の時に収穫されて一人で熟したミカンと、木と日光から最後まで栄養分をもらいながら育ったミカン。枝から切り取られたあと、限られた養分だけでうま味を増しながら熟す実もあるんだな。私は、そしてあんたたちは、どっちに近いんだろう。

農園の社長がすすめてくれた近くの中華料理屋で海鮮チャンポンを食べて、ウンジの別荘に到着した。

電気を消して並んで横になって、今日見たもの、食べたもの、買ったもの、考えたことについて、とりとめなく話した。海はとても澄んでいて、砂浜は黒かった。計画になかったミカン農園も良かった。少し前に釜山《プサン》旅行に行ってきたソランが、釜山駅は出るとすぐに海のにおいがしたのに、済州空港はしないから不思議だったと言った。

「その代わりヤシの木があるじゃん」

「がっかりしないように、植えておいたんでしょ」

「チャンポンに海鮮もたくさん入ってた。やっぱりチャンポンは済州島だよ」

「済州島はチャンポンだよ」

チャンポンは済州島なのか、済州島はチャンポンなのかをめぐって、ちょっとした舌戦が繰り広げられたが、結論は出ずに終わった。ダユンは飛行機があまりにも狭くて寒くて、驚いたと言った。

「飛行機初めて乗ったんだよ。本を読んでて眠ったら、客室乗務員さんが来て電気を消して、毛布をかけてくれて、そういうのを想像してたんだけど。航空会社のCMに出てくるみたいに」

「ドラマに出てくるみたいに？」

「ビジネスクラスは広いのかな？　ビジネスに乗ったことある人いる？」

「ファーストくらいに乗れば、ダユンが期待する絵になるんじゃない？」

「ダユン、あんたは成功してファーストに乗りな。私は無理だ」

ダユンが答えた。

「その時は、ダジョンも一緒に乗れたらいいな」

隣に横になっていたウンジがダユンを抱きしめて、チュッと大げさな音を立てて頰にキスをした。

「あらあらキム・ダユン、もう少しだけいい子じゃなければいいのに」

ウンジの言葉を聞いていて、ソランはある場面を思い出した。初冬のある日、体育の時間だった。先生は赤く火照ったダユンの額と頰に手の甲を当てて、心配そうな顔をした。

「ダユンは保健室に行って解熱剤を飲んで、この時間休んでなさい」

ダユンは昼食の時間ずっと、ダウンジャケットをかぶっていた。そうやって顔をぐるぐるに巻いていたから、熱くなったんだろう。ソランは、ダユンが体育の時間に休みたくてわざとそうしたのだと思った。ダユンは解熱剤をもらったのだろうか、飲んだのだろうか。

ダユンを保健室に行かせて、先生は子どもたちのそばに来て号令をかけて、一緒に走った。長い足でずんずん走って速度を上げた。ソランは体育の先生が好きだった。一七〇センチを超える長身から大部分の生徒たちを見下ろして、体育の時間になると威張り散らす陸上部の子たちよりも速く走り、長い指をぱっと広げて片手でバスケットボールをつかむのがカッコ良かった。ポニーテールに結んだ髪がゆらゆらと軽快に揺れる姿も素敵だった。

しかし、体育の先生はソランを知らない。ソランの名前も、顔も、そんな生徒がいること自体も知らないだろう。ソランはドリブルテストの時、勝手に飛んで行ったボールを追いかけて笑い者になることもなく、柔軟性のテストの時、うんうんとうめき声を出すわけでもなく、反抗期丸出しの目で一〇〇メートルを歩いて来ることもなかった。すごくできるわけでもできないわけでもない、目立たない大勢の生徒のうちの一人。体育の時間にはダユンも似たようなものだ。でも先生は、ダユンは知っていて、ソランは知らない。

勉強のできる子、かわいそうでけなげな子、気にかかる子。賢いダユンがそんな評価を知らないはずがないと、ソランは思った。でもダユンには、そんな関心と同情を振り払う気はないように見えた。確かに、みんなが覚えてくれて気遣ってくれるのは悪い気がしないだろう。

クラスメート全員が教室に戻り、次の授業の開始のチャイムが鳴ってから、ダユンが真っ白な顔で戻ってきた。周りの子たちが口々に大丈夫かと聞いた。

「さっきは熱っぽかったけど、今は寒い。疲れが出たみたい」

ダユンが急いでダウンジャケットを羽織っていると、後ろの席の子が絡まったジャケットの袖を直して楽に着られるように手を貸した。ダユンが後ろを向いて、口の形で、あ、り、が、と、と言い、友だちはにっと笑った。ダユンがまた前に向き直ると、その姿をじっと見ていたソランと目が合った。今度はソランが口の形で聞いた。だ、い、じょ、う、ぶ？　ダユンがうなずきながら、また、あ、り、が、と、と言った。ソランも笑ってみせた。


旅行の最後の夜には、ウンジのお母さんがチキンを頼んでくれた。

「けんかしないでね、お酒は飲まないのよ。缶がいくつあるか、全部確認してあるからね」

ウンジのお母さんは、チキンの出前の会計だけして自分の部屋に入った。自分たちだけで店を貸し切ったみたいで、四人は何となく落ち着かなかった。

ソランは、地上波しか映らないテレビのチャンネルをあちこち回しながら、居間を見回した。居間の大きさは三十四坪の私の家と似たようなものだ。部屋は二つだけだがずっと大きく、庭は建物の四倍ぐらい？　考え始めたがやめた。ここがどれほど広いのか、どれほど高いのか知ってどうするんだ。この別荘があるからってウンジがうらやましいわけでもないのに。

ウンジは、初めて食べる物でも平気でぱくっと口に入れ、道を間違えても笑って帰ってきた。疲れた友だちの背中を押してくれ、かばんを後ろから支えてくれ、みんなを笑わせてくれた。何日か一緒に過ごしていて、ずっとそんなウンジがうらやましかった。大の仲良しみたいなウンジとお母さんの関係も。私もうちのお母さんとそんな関係になれるだろうか。

テレビが一人騒いでいた。ヘインは一人でケータイに見入っていて、ウンジとダユンがチキンをもぐもぐ食べながら、ぽつりぽつりと学校の話、友だちの話、塾の話をした。誰と誰が別れたんだって、この前のあの話は学暴委に行くらしい、アイビーリーグの院長と隣の小児科の院長が浮気したんだって。一人が話をすると、もう一人が付け加えたり質問したりすることなく、そうなんだと言って話が終わった。会話はずっと、ゆでる前のスパゲティの麺のようにポキポキポキと折れて無造作に投げ捨てられるままに続いた。

ヘインはケータイを見るのをやめてテーブルについた。まだ残っていたチキンを一つ手に取って、何気なくかじりついた。目をまん丸に見開いた。ヘインは背中を伸ばして座り、両手でチキンを握って、隅々まで肉をこそげながら、ほとんど吸い込むように食べ始めた。

「ものすごくおいしい！」

ウンジが笑った。

「当たり前のことになんでそんなに驚いてるの？　チキンはもともとおいしいでしょ」

「うちのお母さんは、チキンの油が良くないからっていつもオーブンで焼いてくれたんだ。引っ越しの時オーブンを売っちゃって、最近はそれも食べられなくなったんだけど。たまに買って食べると、脂っこくてもたれて、チキンのどこがおいしいんだって思ってたの。でも、これはすっごくおいしい。なんでこのおいしさを知らなかったんだろう？」

もうひとかけかじって、細長い骨片を吐き出し、ヘインは急にうつむいた。ソランがびっくりして聞いた。

「あんた泣いてるの？」

ヘインは鼻先を赤くしたまま、首を横に振った。

「本当に良かった。こんなおいしいものを、世の中の人たちがみんな知ってるものを、私も知ることができて」

たかがチキンに真剣すぎるヘインが、滑稽だったがちょっと気の毒な気もした。みんな笑うことも一緒に泣くこともできないでいると、ウンジが突然、シニョンジンに引っ越して来た理由を打ち明けた。初めて聞く、思ってもみなかった話だった。誰も言葉が出ず、ソランはだんだん胸がどきどきしてきた。秘密を共有すること、本心を言い、それを本心だと信じること、人との関係を大切にすること。ソランはまだ、このすべてのことに慣れていなかった。ソランはためらっていたが、思い切って告白した。

「実は最初、あんたたち変な子たちだと思った」

「なんで？」

「映画部に入ったじゃん」

「そう言うあんたはどうなのよ」

雰囲気が険悪になったと思ったのか、ウンジが話題を変えた。

「私たちが今、こうやって集まってるのって、考えてみたら全部ダユンのおかげだよね」

「コンビニアイスのおかげだよ」

「でも、イ・ヘインが問題だよ」

「ホント。私が問題だよね」

ヘインとウンジがラップバトルをするみたいにやり取りし、ダユンはくっくっと笑いをこらえた。

ソランは面白くなかった。ダユンとコンビニでアイスバーを食べながら話していたことを言っているのか？　それをヘインとウンジがなんで知ってるんだ？　怒ったり問い詰めたりしているように見えないように、慎重に、三人で相談してやったことかと聞いた。寝そべるように壁に寄りかかっていたダユンが、慌てて体を起こしながら説明した。

「たまたま話が出たから、私が言ったの。それも何カ月も経ってからだったし。三人で相談してやったんじゃないよ。誤解しないで」

ソランは内心すっかり滅入ってしまったが、ただちょっと気になっただけだと笑った。無理に笑おうとして、右の頬が引きつった。一人で空回りしていると感じていた一年生の時の空気。全部終わったことだと思っていたのに、突然ソランをぐるぐる巻きにした。

みんな家に帰りたくない、別れたくないと言った。三年生になっても映画部やろう、高校に行っても連絡を取り合おう、そしてしまいには、同じ高校に行こうという話にまでなった。こうしてその途方もない約束が始まった。

その日の夜、ウンジの別荘の庭で見上げた月がとても大きくてぼやけていた。ソランは、ブラッドムーンが浮かんだ夜を思い出した。

「みんな、ちょっと空を見て。月がすごく大きいよ」

三人が一斉に顔を上げて空を見上げた。

「わぁ、ホント」

「すぐ近くにあるみたい」

ヘインだけは生意気そうに言った。

「月は、私たちの町にも昇るよ」

「そうだね。済州島にも昇るし、私たちの町にも昇るし、シドニーにも昇るし」

「突然何でシドニー？」

「ただ何となく、そう思ったの」

ソランは、これから大きな月が出た夜は、ブラッドムーンではなく、この旅行を思い出すかもしれないと思った。

のっぴきならない、ねじれた、危なっかしい約束。その選択によって大学が、進路が、未来が、人生がひっくり返るかもしれないということはわかっていた。わかってはいたが、それでいいと思ったわけではない。ただ、その瞬間のさまざまな感情と計算が作り出した結果だった。まだ十六。夜だったし、四人で一緒に来た初めての旅行だった。ある程度は衝動的な判断だった。だからといって大したことではないというわけではなかった。本心でないわけでもなかった。

「何となく。この野暮ったい写真一枚を撮るのが
どうしてこんなに難しかったのかなと思って」
ソランの返事を聞いた三人は、みんな
ソランと似たような表情になった。
ため息をついて、眉をしかめて
そして訳もなく笑った。

もう一度、入学式

「ソラン！」

声を聞いただけでも、誰だかわかる。どんなふうに手を振っているのか、どんな表情をしているか、どこを見ているのかも。ソランの心が柔らかくほどけて、文化祭が終わったあの日の夜のように、タイムカプセルを埋めた夜のように、ふわふわとして現実感がなかった。

ソランは、後ろを向いてさっと腕を上に伸ばして振った。

「ちゃんと見えてるよ！　もう腕振らなくていいから！」

それでもソランは、再会を喜ぶ手振りを止めなかった。ウンジはふさふさのおかっぱ頭をなびかせながら、まっすぐソランのところに駆け寄った。近づいて顔を見合わせた。

「何組？」

「二組」

「隣だね。終わったら会おう」

二組の方に歩いていたウンジが、振り返って言った。

「制服よく似合ってる！　中学のよりずっと」

「あんたもかわいいよ」

「私はもともとかわいいから」

ソランが舌を出して、オエエッという表情をしてみせたが、ウンジは構わず肩を大げさに揺らして歩いていった。

ソランとウンジは第一希望にシニョンジン高校を書き、そのまま割り当てられた。最初はソランのお母さんが乗り気でなかったが、結局、良い内申をもらうほうがいいという娘の意見に従った。問題はカラム女子高の希望が取り消され、住民登録も戻されたヘインと、キョンイン外高に不合格になったダユンだった。二人とも第二希望にシニョンジン高校を書いてはいたが、結果はどうなるかわからなかった。

ソランとウンジが全クラスを回って希望校を聞いて歩き、シニョンジン高校の希望者数を数えてみた。当のヘインはのんきだった。シニョンジンは高校に行くためにほかから移り住む町でもないし、とにかく希望に書いておけば全員割り当てられるだろう、もしシニョンジン高に割り当てられないとしても、どの学校であれシニョンジン高よりはましじゃないかと、くすくす笑った。ダユンも何とかなるだろうとは言ったが、実は、周辺に空きのある特目高があるかどうか、こっそり調べているところだった。とんでもない高校に割り当てられた時は、いったん入学したあと、席が残っている特目高に転校することも考えていた。

幸い、今年もシニョンジンを希望した生徒は多くなかったようだ。ヘインとダユンもシニョンジンに割り当てられた。ヘインは淡々としていたが、ダユンはどっと涙を流した。ウンジが面白がってダユンをからかった。

「誰も行きたがらない学校の何が良くて涙を流してるの？　あ！　私と同じ学校に行くことになって感激したんだ」

ダユンが涙を流したまま、笑いを浮かべた。ソランもダユンの肩を軽く叩いた。ヘインだけが相変わらず素直でなかった。

「嫌で泣いてるのかもしれないよ。本当にシニョンジン高に行くことになったのも、私たちとまた一緒なのも、涙が出るほど嫌なんじゃないの？」

ダユンはため息をつきながらヘインをにらみつけた。ヘインがぎくっとした。

「冗談！」

そしてヘインが言っていた通り、サンヒョクもシニョンジン高校に割り当てられた。ダユンは今回も、何言ってるの、関係ないよと言い、ソランも一緒に笑ったけれど、妙にわき腹がちくちくとうずいた。サンヒョクとやたらと親しいそぶりをしないようにしなきゃ。誤解も、感情も、そして関係もこうして続いた。

みんな別のクラスになった。一つの学年が五クラスだけの小さな学校なので、もしかしたら二人ぐらいは同じクラスになるかもしれないと期待していたが、完璧にバラバラになった。入学式が終わって、ソランとヘイン、ウンジ、ダユンは約束通り校門の前でまた会った。まごついている新入生とその家族、それに塾のチラシを配る人たちまでいてごちゃごちゃしていたが、仕方なかった。四人全員がわかる場所が、まだ校門しかなかった。会えたことがとにかく嬉しくて、お互いの制服姿がしっくりこなくて、唇を尖らせて笑いをこらえた。

食べ放題のトッポッキ、コインカラオケ、時間があれば地下街に行って服を見たり近所のショッピングモールを巡ったり、それでもお金と時間が余ったら映画を観る。することはいつも大体決まっていた。誰かが行こうと言えば、どやどやとついて行っただろう。でも誰もその「行こう」を言わなかった。運動靴のつま先で地面をつんつんしている一人と、訳もなくかばんの紐を引っ張っている一人と、唇の皮をむしっている一人に、ソランが言った。

「一緒に写真撮る?」

「何の写真?」

「入学記念写真」

ヘインがエッと体を後ろに引いた。ダユンは思い切り頭を後ろに反らして、喉の奥まで見えるほど大笑いした。

「聞いた？　この子何言ってるの？　みんな、チャ・ソラン頭がおかしくなったみたい！」

ソランもきまりが悪くなって笑い飛ばした。その時、何も言わずに三人をかわるがわる見ていたウンジが言った。

「写真撮ればいいと思うけど、どうして？」

すでに却下された提案を、すぐその場でためらうことも恥ずかしがることもなくウンジが持ち出した。ウンジのそういうところをヘインは好きだったし、ダユンは不思議に思い、ソランはうらやましかった。三人がまごまごしている間に、ウンジはまるで意に介さずに体の向きを変えて学校の中へ入っていった。残った三人は、何？あの子どこ行くの？と独り言でも質問でもない言葉を口々に言いながら、ウンジの後についていった。

「ねえ、どこ行くの？」

ウンジが振り返って、どうしてそんな当たり前のことを聞くのかという顔で言った。

「講堂」

「なんで？」

「写真撮るのよ」

「写真ならここで撮ればいいじゃん」

「そうだよ。なんで講堂まで行くの？　この道上り坂だよ」

もう写真を撮ることには皆が同意したことになった。テーマは写真を撮るのにわざわざ講堂まで行かなければならないかどうかに移っていて、文句を言っている間に四人は講堂の前に到着した。ウンジが「祝入学」の三文字が典型的な三角構図で書かれている立て看板を指した。

「立ってみて」

三人はおずおずと立て看板の前に立ち、ウンジが手を左右に動かしながら、みんなの位置を指示した。

「それを隠して立ってどうするの？　祝入学の文字と学校の名前が見えるように。ソランはもうちょっと左に行って、ヘインはダユンのほうにぴったりくっ付いてみて」

カシャ、カシャ、カシャ、カシャ、カシャ、カシャ。ウンジは何枚か続けて撮り、ダユンがもういいよ、と言った。固まっていた三人の姿勢が少しずつ崩れてきた頃、ウンジが周りをきょろきょろ見回して、突然別館の方向に走って行った。先生らしき大人に近づいて何か言ったあと、二回も頭を深く下げてから一緒に歩いてきた。ウンジは先生に自分のケータイを渡して、立て看板の前に立った。ヘインとダユン、ソランもウンジの意図に気付いて、近づいてきて一緒に並んだ。ケータイの画面越しに新入生たちの動きを見ていた先生が、首をかしげて言った。

「ねえ、真ん中の二人は少し離れてみて。祝入学の文字がよく見えないよ」

ウンジも似たような注文をしていた。ヘインとダユンが向かい合ってニヤッと笑いながら足を動かして、位置をまた決めた。

「もうちょっと表情柔らかく。梨花学堂《イファ》（一八八六年創設の韓国初の女性教育機関。梨花女子大学の前身）の入学写真だってこんなにかしこまってないよ」

先生のひと言で笑いが起こった。頭をのけぞらせて、こぶしで口を覆って、襟を持って、隣の友だちの肩にもたれて。みんなそれぞれ普段通りに笑っている間に、先生はウンジよりもっとたくさん、もっと熱心に撮影ボタンを押した。

先生がケータイを戻して向こうを向いたとたん、四つの頭が小さなケータイの上に集まった。私にもちょっと見せて、あんたなんで目をつむったの、この写真おかしい……短い言葉が、袋から穀物がこぼれ落ちるように休みなく溢れ出た。

「写真送ってね」

「うん。グループトークにアップするよ」

「あんた、自分が変に写ってるからって抜かしたりしないで、全部アップしてよ」

「わかった」

「写真撮るのやめようってついさっき言ってなかったっけ？」

「あの時はあの時よ」

ウンジは歩きながら写真をグループトークにアップし、ヘインはウンジが転ばないように腕を組んだ。

「最後の写真、よく撮れてると思う」

背景は講堂の土色《つちいろ》のレンガの壁。「祝入学」と書かれた腰の高さの立看板の両側に二人ずつ立っていた。看板の左側のウンジとヘインが向き合って笑っている。看板の右側のダユンは頭を後ろに反らして口を開けて笑い、ソランはそんなダユンの肩に手を乗せていた。前の階段が二段ほど見え、下の段には色とりどりの華やかな花がいっぱいに植えられた大きなプランターがあって、四人はフレームのど真ん中ではなく、少し右下に写っていた。本当に自然な情景だったが、自然な写真を撮ろうとする時に誰もが演出する典型的な構図と表情と背景なので、かえってわざとらしくも感じられた。

ソランは右の人差し指と中指で画面を拡大して四人の表情をじっくり見たり、また元の大きさに戻して写真全体を確認したりした。そしてにっこり笑ったが、ヘインがなんで笑っているのと聞くまでは、ソランは自分でも笑っていることに気が付かなかった。

「何となく。この写真、この野暮ったい写真一枚を撮るのがどうしてこんなに難しかったのかなと思って」

ソランの返事を聞いた三人は、みんなソランと似たような表情になった。ため息をついて、眉をしかめて、そして訳もなく笑った。ウンジは、親指で写真の中の自分の顔を隠してみた。

ここに私、いなかったかもしれないんだよね。

それぞれの計算があり計画があった。
済州島の夜、あの約束も大事だったが、
一番大事というわけではなかったと思う。
みんな、自分にとって最善の選択をしただけだ。

もう一度、ウンジの話

中学三年生の時、ウンジとヘインは同じ数学塾に通った。金曜日の授業が終わると、決まってトーストやトッポッキを買って食べ、遊び場で時間を過ごしたり、近くのショッピングモールを隅々まで歩き回ったりした。洋服売り場では、買いもしない服を十着も試着し、本屋では雑誌に掲載されたアイドルグループの写真をこっそり撮り、化粧品売り場では見本として置いてあるマニキュアを塗ったり、リップティントを塗ったりした。最後にアクセサリー売り場に立ち寄り、一番華やかなヘアピンを挿して自撮りをして、店員に制止されてやっと止めた。非行ではないけれど、何だかお母さんには言いたくなかった。

その日も、ウンジとヘインはショッピングモールのツアーをしていた。本屋でビニールに入っていないマンガ本を探して立ち読みし、地下のスーパーを回って試食コーナーの食べ物をつまみ食いした。使い捨ての小さな紙コップに入ったジャージャー麺を口に放り込んでいる時、ヘインは、以前住んでいたマンションの上の階のおばさんと目が合った。

「あら、あんたヘインじゃない？」

ヘインは口の中の麺を嚙まずにごくりと飲み込み、ぺこりと挨拶した。

「ああ、やっぱり。ここで何してるの？」

「あ、ちょっと、ペン買いに来たんです」

ヘインがごまかすと、ウンジもつられてジャージャー麺のカップをそのまま置いて、舌で唇をふいた。おばさんはヘインとウンジを交互に見て、ヘインに言った。

「さっきあんた、本屋にもいたね」

「あ、はい、ちょっと問題集を見てました」

「そうだったの？　あそこ問題集のコーナーだったかしら？　でも私、先週の金曜日もあんたたち見かけたよ。ここの四階のカフェのテラス席に座ってたでしょう」

ヘインは慌てて先週の金曜日の記憶を頭の中から引き出した。先週何やったっけ？　四階のカフェで？　あ！　何もしなかったんだ。ウンジとヘインはお金がなくて、こっそり座っていられる四階カフェの屋外テーブルの一つを占拠していた。それぞれ自分のケータイを長いこと見て、一緒に音楽を聴いて、ノートに落書きをしながらしばらくおしゃべりをして別れた。ヘインは何もしていなくて良かったと思ったが、おばさんの考えはそうではなかったようだ。

「どうして家に帰らずに、いつもぶらぶらと歩き回ってるの？　お母さん心配なさるわよ」

その日の夜、お母さんはヘインの部屋に入ってきて、本棚を眺めながら何度もため息をついた。

「何かなくなったの？　どうしてずっとため息ついてるの？」

「お母さんため息ついてた？」

お母さんは、前のマンションの上の階のおばさんから電話があったと言った。そして疲れた顔でこう付け加えた。

「我が家がこうなったからって、おまえまでそうなっちゃだめよ」

「こうなった」と「そうなっちゃ」に隠された多くの意味が両肩にのしかかって、ヘインはどっと疲れを感じた。ヘインの返事も聞かずにお母さんが出て行ったあと、すぐにウンジからカカオトークが来た。

「うちのお母さんが、試食コーナーで夕飯を済ますなってｗｗ」

あ、お母さんがウンジのお母さんに連絡したのか？　その瞬間、ヘインはすごく腹が立って、恥ずかしくて耳と首まで赤く火照った。

「ごめん。うちのお母さんおかしくなってるんだよ。ホントごめんね」

「何が？」

「怒られたんじゃない？　ごめんね」

「ただ、私たちがお腹空かして歩いてるんじゃないかって心配してるだけだったよ」

「誰が？　あんたのお母さん？　うちのお母さん？」

「とにかくお母さんが、試食コーナーで食事を済まさないで、夕食をちゃんと食べろって」

　上の階のおばさんが、皮肉ったり誇張したりせずに「ショッピングモールでヘインと友だちにばったり会った」という情報だけを伝えたはずがない。ところがおばさんの言葉はヘインのお母さんを経て、ウンジのお母さんを経て、ウンジを経て、ヘインのところに戻ってくる間に、少しも不快や不安が混じっていない純粋な母親の心配になった。ウンジが続けてカカオトークを送ってきた。

「おばあちゃんが来週金曜日に、塾が終わったら一緒に来なさいって。サムゲタン[22]作ってくれるって」

　そのサムゲタンを皮切りに、ヘインは毎週金曜日、ウンジのおばあさんが作ってくれる夕飯を食べて、ウンジの家で時間を過ごした。ウンジの家にいる時間がだんだん長くなった。ウンジのお母さんは、夜勤のあと、疲れきった顔で帰ってきても、遅くなったから危険だと言って、ヘインを家まで車で送ってくれたし、ひどく酔ってふらふらになって帰ってきた時は、明日休みだし泊まっていきなさいと、ヘインの家に電話をかけてくれたりもした。

初めヘインのお母さんは、早く家に帰ってきなさいと娘を叱った。ウンジの家に果物や肉などを送ったりもした。そのうちウンジのお母さんと一度お酒を飲んで、その時どんな話をしたのか、金曜日にウンジの家に行くことを無条件で許可してくれた。

「お母さん、なんで最近ウンジの家に行くなって言わないの？」

「おまえもちょっと休んだほうがいいと思って」

「遊んだほうが、じゃなくて休んだほうが？」

「いつもサンミンの夕食の支度で大変じゃない」

両親が遅くなる日が多いので、ヘインはほとんど毎日弟の夕食を準備していた。塾の帰りが遅い日は、靴も脱がないうちに、サンミンが腹が減ったと大騒ぎした。弟がかわいそうで着替えもせずに食事の支度をすることもあったし、弟が嫌でかばんを放り投げてまた出ていってしまうこともあった。ご飯を器によそいながらごめんねと泣いてしまったことも、うんざりしてケータイも財布も持たずに飛び出して、ただ泣きながら街を歩き回ったこともあった。お母さんは知っていたんだな。

「弟にちゃんと食事を用意してあげなさい、と言うと思ってたのに」

「週に一食ぐらい、適当に済ませても死なないよ」

ウンジのお母さんは、晩ご飯を適当に済ませないで、ちゃんと食べなさいと言ったけど。かつては、ヘインのお母さんもそうだった。ラーメンやハンバーガーみたいなものは絶対に食事にならない、外の食べ物は調味料が多くて体に良くない、と。そんなお母さんが、朝になると千ウォン札を握らせて、塾に行く前におにぎりを買って食べてから行きなさいと言う。一食ぐらい適当にすませても死なないと言う。人の考えが、言葉が、行動が、いつどう変わるかは誰にもわからない。ヘインは、ウンジのお母さんのほうがいい母親で、自分のお母さんのほうが無責任な母親というわけではないということはわかっている。しかし、多くの人たちがヘインのように思わないだろうということも知っている。

金曜日になると、ヘインは下着を持って登校した。夕食に味噌チゲやキムチチャーハン、タットリタン[23]を食べて、一緒に宿題をして、夜はウンジのお母さんが買ってきた鮒《ふな》焼き（たい焼きに似た韓国のおやつ）やトッポッキなどのおやつを食べた。その後は四人でテレビの前に並んで座ってドラマを見て、おばあさんとお母さんが順番にあくびをしてそれぞれの部屋に入ると、ウンジとヘインも部屋に入って並んで横になり、おしゃべりをしているうちに眠った。

カラオケ事件の次の週の金曜日、ウンジとヘインはキッチンを占拠してジャージャーご飯を作った。ウンジのおばあさんが手を怪我して、二人が料理をしてみることにしたのだ。流し台の周りはたまねぎとジャガイモ、ニンジンの皮と肉の切れ端、沸騰して飛び散ったジャージャーソースでぐちゃぐちゃになったが、完成品の見た目はかなりそれらしかった。黄身が崩れないように上手に焼いたヘインの半熟目玉焼きがしっかり一役買った。皿を見て、ウンジのお母さんが感嘆した。

「まあ、目玉焼きがまん丸できれいだこと！」

「卵は毎日食べますからね。目玉焼き、ケランチム[24]、卵焼き、スクランブルエッグ、どれもうまくできます！」

得意になって答えたら、いつも卵ばっかりと言っていたサンミンの文句を思い出して、ヘインはちょっと嫌な気分になった。ウンジは、自分が褒められたように口を挟んだ。

「ヘインが包丁を使うスピードは私の倍だよ。ヘインはいいね。私は将来飢え死にするかもしれない」

おばあさんは包帯を巻いた不自由な手でスプーンを使いながら、もごもご言った。

「おまえたちが大人になる頃には、ご飯は買って食べるのが当たり前になるんだろうね。そうなったら、ヘインの料理の腕前は今よりもっと重宝がられるよ」

ウンジのお母さんが、並んで座ったヘインとウンジをじっと見て言った。

「そうしていると、まるで双子みたい」

一卵性ではないですよね、と言って驚いた顔をしていた二人の表情が、だんだん暗くなった。ヘインががっくりとうなだれた。お母さんが驚いて聞いた。

「ヘイン、あなた泣いてるんじゃないよね？」

その瞬間、ヘインの両目から涙がぽろぽろとこぼれ落ちた。慌ててティッシュを一枚取って渡しただけで、何の言葉もかけられないでいるウンジのお母さんの目を見て、ヘインがはっきりと言った。

「ウンジは、ジャカルタに行かなきゃいけませんか？」

ウンジのお母さんは、四年前のことを思い出した。汗びっしょりで真っ青な顔をして横たわっていたウンジ、ハウンのお父さんが差し出したクッキー、逃げるように引っ越してきた知らない町、慣れない家。遅くなった帰宅、どこまでも続くような道路を走って走って、駐車場に到着してようやく涙をこぼしたりした。ハンドルに顔を埋めてしばらく泣いたあと、赤く腫れた顔を隠すためにルームミラーを見ながら化粧をした。すぐに落とす化粧を念入りにしてから家に入るような暮らしは、とてもみじめで残酷だった。

死ぬまで忘れられないだろうと思った。あの時ウンジと自分のことを曲解し、辛辣《しんらつ》な言葉を投げつけ、血も涙もない態度で、見て見ぬふりをしていたすべての行動と視線。何としても仕返ししてやると思った。ある夜、チキンの出前を頼んで、食べ終わって食卓に散らばった鶏の骨と衣のかすを片付けていて、ウンジのお母さんは、そのゴミを前の学校の教頭に送り付けてやろうと思った。録音したテープや防犯カメラのデータを提出するウンジのお母さんに、教頭はいい加減にしてくださいと露骨に迷惑がっていた。

指紋が残らないようにビニール手袋をはめて、ジッパー付きの袋に骨片と残ったチキン大根（チキンの付け合わせに添えられる大根の甘酢漬け）、ナプキンなんかをめったやたらに夢中で詰め込んでいて、はっと正気に戻って動きを止めた。私、おかしくなったのかも。一人でつぶやいて、呆れて笑って、悲しくて涙が湧いてきた。

あんなに追い詰められていたのに、こんなに平気になった。それは、一定部分、もしかするとかなり多くの部分、ヘインのおかげだ。

「ああ、ヘイン」

ウンジのお母さんは、泣いているヘインがありがたくもあり、切なくもあってしばらくためらったが、慎重に話を続けた。

「ヘイン、今は生きていけそうになくて、世界が終わったみたいに思うかもしれない。私もそんな時があった。うーん、ウンジのお父さんと別れる時もそうだったし、それと、私、最初の仕事をちょっと悔しい辞め方をしたのね。あの時もそうだった。でも、見てよ。こんなに元気に生きてるじゃない。何とかなったよ。それでも生きていけるんだよ。まあ、子どもたちに話すようなことじゃなかったかもしれないけど、本当にそうなのよ。だから泣かないで」

ヘインはわかったというように、もう元気になったというように、深く鼻水を一度吸い込んで、手の甲で右と左の涙を交互にぬぐった。

「すいません」

そしてそれ以上、何の言葉も付け加えなかった。みんなのスプーンの動きが止まった静かな食卓の上に、ヘインのしゃくりあげる音だけが響いた。ウンジのお母さんが、再びスプーンを持って言った。

「まだ、決まったわけじゃないしね」

ウンジとヘインは、沈鬱《ちんうつ》な顔でご飯を食べたあと、何も言わずにウンジの部屋に戻った。そして、ドアを閉めたとたん、ウンジは手で口を塞いで座り込んだ。ヘインは布団をかぶった。そうしないと笑い声が漏れ出そうだった。

ヘインは、実はきちんとお願いするつもりだった。ウンジは正座して頭を下げようとも言っていた。でも、二人並んでひざまずいて座り、私たちこれからもずっとこうやって会えるようにしてくださいと言うのは、何だか滑稽だった。結婚の許しを得るわけでもあるまいし。

ヘインはウンジをジャカルタに行かせたくなかった。あの時、ソランがウンジを疑っているのも嫌だった。そういう意味ではないよとソランの肩を持つウンジにもがっかりした。そんなことを考えていたら、実は涙までは計画になかったけれど、うるっときてしまった。ようやく笑いがおさまったウンジが言った。

「何なの急に？　私まで涙出そうだったよ、もう」

「あんたも泣けば良かったのに」

「それじゃあ、うちのお母さん気付いちゃうよ」

二人は声を殺して笑った。

ウンジのお母さんはジャカルタ駐在員に選ばれなかった。希望を取り下げたのだ。しかし、いつも不平不満ばかりで、勤務時間中のタバコ休憩が多い同期が選ばれたと知った時は、すべてを振り出しに戻したくなった。人の気も知らずに、同期はなぜ希望を取り下げたのかと聞いた。

「うん、子どもがいるからね」

どんな質問にも、子どもと関連した答えはしないようにしてきた。成果に対する称賛にも、失敗に対する非難にも、子どもを持ち出さなかった。子どもが待っているから、子どもの具合が悪いから、子どもが小さいから、という言葉は、言い訳に聞こえるのではないかとぐっと飲み込み、子どものおかげで人間として成長できた、責任感が生まれた、人の気持ちを思いやるようになったという言葉は、きれいごとに聞こえるのではないかと我慢した。しかし、今回はそのまま正直に答えた。隠すのも疲れた。

「お子さんはいくつ?」

「中学生」

「それなら連れて行くのにちょうどいいんじゃないの? 大学に行かせるのに、有利なことはあっても、不利にはならないと思うよ」

そんなこと私が知らないと思う?

「事情があるのよ。とにかく、いってらっしゃい。おめでとう」

彼は長く伸びをしながら、面倒くさそうな顔で聞いてもいない話をぺらぺらとしゃべり出した。

「ワイフが海外に出たいとあんまり言うもんだから、希望は出したんだけど、選ばれるとはホント思わなかった。僕こそ子どものせいだよ。ワイフはもう、ジャカルタの国際学校も全部調べて、また韓国に戻ってきてから行かせる学校も決めたんだよ」

「ふうん、そうなんだ。とにかくおめでとう。おめでとう!」

おめでとうという言葉を何度も繰り返してその場を離れた。帰宅の途中、ウンジのお母さんは団地の入口のチキン屋に寄った。残念がるのは今日までにしよう。チキン一羽分と焼酎一本を頼んで、チキン大根だけをつまみながら焼酎を飲んだ。手をつけていないチキンは、そのまま包んで持って帰ったが、その日に限ってウンジが早く寝ていた。

「ウンジに食べさせようと思ってチキン買ってきたのに」

「自分が酒を飲むために頼んだんだろ、どうせ」

眠い目をこすりながら部屋から出てきたおばあちゃんが、紙袋の中からチキンの箱を取り出してキムチ冷蔵庫に入れながら、長いあくびをした。

もう一度、ヘインの話

公衆電話が見えるカフェの窓際の席に座ると、ソランは手が震えた。

「録音されてたらどうしよう？」

最近はどこのお客様センターに電話しても、たいていは録音しているというアナウンスが流れる。学校はどうだろうか。不安はたちまち広がって、ウンジもダユンも似たような表情になった。ヘインだけが余裕しゃくしゃくだった。

「大丈夫だよ」

「あんたは大丈夫でしょ。私は大丈夫じゃない。ばれたらおしまいなんだよ。罰せられるかもしれない」

「情報提供の内容を簡単に漏らしたりはしないよ。もし、もし本当に録音ファイルが出てきたりしたら、その声は私だって言うよ」

「私の声が録音されてるのに、何言ってるの？」

「ねえ、同い年の女子中学生の電話の声をどうやって聴き分けるの？　私たちのお母さんだってできないよ」

そうかな？　同意する気持ちが半分、疑わしい気持ちが半分くらいだった。

「試してみる？　ケータイちょっと貸して」

ヘインは、ソランのケータイを持って、通話リストから「お母さん」を探して電話をかけ、スピーカーをオンにして通話した。

──もしもし。

「お母さん！」

──ああ、ソラン。

「お母さん、私今日塾が終わったら、友だちとトッポッキ食べてから帰るよ」

──そう。あんまり遅くなるんじゃないよ。

「お母さん！」

──ん？

「今日、帰り遅くなるの？」

──昨日と同じくらいだよ。何かあった？

「いや、何となく。わかった。じゃあね！」

──はあい。

プツッ。

息を殺していた三人が噴き出した。ソランがいちばん大きく笑った。

「うちのお母さん何だよ！　娘の声もわからないなんて」

「ほらね。私の言った通りでしょ？　あんたのお母さんだけじゃなくて、みんなそうだと思うよ？」

「でも声を分析すれば、全部わかっちゃうんじゃない？『それが知りたい』（韓国ＳＢＳテレビの調査報道番組）によく出てくるじゃん」

「殺人事件でも起こったわけ？　私たちの声を誰が分析するって言うの？」

ソランは、ヘインの家の住所と伯母さんの家の住所が書かれたメモを持って、一度深呼吸をしたあと、公衆電話のブースに歩いて行った。

もう一度、ダユンの話

ダユンは、熱心に願書の準備をする担任の先生と、これまで何もしてあげられなかったという負い目をこの機会に少しでも挽回《ばんかい》しようとする両親を説得する意欲が起きなかった。特に、この数年間、これといった進学の実績を残せていなかった学校が目の色を変えていた。今年は一人でもいいから上位の特目高に入れようと必死になっていて、その一人は、当然ダユンだった。

ダユンの気持ちが全く揺れなかったと言ったらうそになる。キョンイン外高に行けば、本当にいい大学に行けるのだろうか。今、この選択のせいで私の人生が変わるのではないか。いくら悩んでも答えが見つからなかった。しかも、今年の自私高の再指定評価[25]で一部の学校の指定が取り消しになったというニュースと、すべての外高と自私高が間もなく一般高校に転換されるというニュースが流れているところだった。学校では、あくまでも今の小学生から適用される話だと言った。ダユンは、学校が当面の成果を上げるのに必死なだけで、自分の将来的な進路には関心がないのではないかと疑わしく思った。その間にも、先生の全面的な支援と協力の下で願書の準備は着々と進められた。

もうダユンがキョンイン外高に合格しない方法は、願書を出さないか、面接に行かないか、面接をめちゃくちゃにするかの三つだけだった。四人は、ダユンが全く非難と責任を負わなくて済む、誰から見ても仕方がない状況にどんなものがあるか悩んだ。ダユンは、あまり痛くない軽い交通事故に遭うとか、どこかから落っこちたらいいと言った。

「三階ぐらいから落ちればいいんじゃないかな？」

「すごく痛いよ」

「じゃあ、二階は？」

「面接に行けないほど怪我しないよ」

もう言うことがなかった。

「面接の日の朝、とにかく具合が悪いって苦しそうにしてみなよ。やたらと泣いたりわめいたりして、いったん救急車で運ばれるのよ。検査の結果が異常なくても、ストレスのせいとか緊張のせいとか、病院で何かしら理由をつけてくれるよ」

「うちにホントの病人いるでしょ。仮病なんて通用しないよ。すぐわかっちゃうよ」

話しているうちに、ダユンは、家にいつも病人がいるために諦めなければならなかったたくさんのチャンスや思い出、感情が次々に浮かんできた。ナシとナツメを煮る甘いにおい、鼻をつまんで無理やり飲み込むダジョンのしかめっ面を見て、そっと舌なめずりをした記憶。ダジョンに風邪をうつさないように一人で布団をかぶって苦しみ、我慢できずに薬局に行った十歳の冬、一人で来たのかと驚いていた薬剤師の丸い目。急に中止になった家族旅行。自分のマフラーを外してダジョンに巻いてあげていたお母さんの冷たい手。私は寒くないよ、大丈夫だよ。にっこり笑って言った幼い自分の声が聞こえるようだった。お母さんに、お父さんに、何の非もないからこそ余計に我慢ならないダジョンに、傷を与えたかった。静かな日常を揺るがしたかった。

「私じゃなくて、ダジョンが具合悪いことにしよう」

ダユンは面接会場に入る直前、ダジョンが救急センターにいるというお母さんのメールを受け取る、そして急いで病院に駆けつけるが、そのメールはお母さんが送ったものではなかった、結局面接に行けなかったダユンはキョンイン外高に不合格になる、というのがダユンのシナリオだった。

「うちのお母さん、カカオトークしてなくて、メールだけなんだよ。面接に入る時間に、私にうちのお母さんの番号でメール送ってよ」

「最近は発信番号変えられないじゃん」

「えっ……ホント？」

ダユンの目から一瞬で生気が抜けた。自分のケータイを取り出していろいろいじってみて、押してみて、にらみつけて、机の上に置いた。ソランが他の方法を考えてみようと言うと、ダユンは首を横に振りながらつぶやいた。絶対ダジョンのせいがいい。お母さんのせいがいい。

ダユンの面接が二日後に迫った。最後の対策会議のために、四人はウンジの家に集まった。おばあさんが講[26]の集まりに行って、ちょうどウンジの家には誰もいなかった。みんな家に入るとすぐ、テレビの横のＷｉ－Ｆｉのルーターにかじりついた。ルーターをひっくり返してパスワードを入力して、順番にソファーに飛び込んだ。

ヘインがダユンに、面接の時に何も答えないのがいいよと言った。ウンジは、あとになって知られたらダユンが困るだろうと言って反対した。三人が悩んでいる間に、ダユンはウンジ、ヘイン、ソランにメールを送った。

「私の番号、出てる？」

「うん。名前と番号がはっきり、ちゃんと出てるよ」

「ソン・ウンジ、あんたのケータイにも出てる？」

「出てるよ、出ないわけないでしょ？」

「アイフォーンにも出るんだね」

「あんたアイフォーンじゃないじゃん」

「アイフォーンじゃないよ」

「じゃあ、なんで聞くの」

「ホントだよ。ねえ、私はダジョンのせいがいいんだけど」

その時、マッサージチェアに座ってケータイをいじっていたソランが叫んだ。ソランはマッサージチェアにすっぽりはまった体を起こして、ケータイを振って見せた。

「フェイクメッセージアプリがある！　メールを作ってくれるんだって！」

発信番号とメール文を入力して、自分のメールボックスに偽《にせ》のメールを作れるアプリだった。他の人に送ることはできず、自分のケータイにだけ出てくる。発信番号が普段メールのやり取りをしていた番号なら、元々のメールの間に偽のメールが表示される。本当にうまくできていた。

ダユンは、フェイクメッセージアプリをダウンロードしてインストールした。四人の視線が集中した中で、発信番号欄にソランの電話番号を入力し、メール欄に「テスト」と書いて、発信時間を今に設定してから、完了ボタンを押した。何の通知も振動もなかった。

ダユンは震える気持ちで、ソランとのメールボックスを開いた。友だちとはカカオトークばかりでメールを送ることはほとんどない。ダユンが受信した化粧品割引クーポンのメールをソランに転送したのが最後だった。ところがその下に、ソランからの吹き出しが一つ新たにできていた。「テスト」

「うわあ」

「すごい」

「鳥肌」

ヘインはダユンのケータイを奪うように取って、つくづく眺めた。続いてウンジが、ソランがメールを確認した。偽のメールということはまったくわからなかった。ソランのケータイには何の通知も痕跡もなかった。ダユンは不思議そうな顔でしばらく自分のケータイを眺めてから、偽のメールを削除した。

「とりあえず朝、時間通りに家を出るよ。地下鉄の駅のトイレでこのアプリでお母さんのメールを作って、アプリは消して、それから適当に時間をつぶして帰って来るよ」

「忘れずに、緊張せずに、上手くできる？」

「私、賢いから」

「何事もなくやりきれるかな？　あんたのお母さんが警察に通報したらどうするの？」

ダユンは首を横に振った。みんなはそんなはずがないという意味に受け取ったが、ダユンはそうなっても構わないという意味だった。ばれるのも面白そうだと思った。憂鬱な家の事情みたいなものは、誰にも知られたくないと思う気持ちと、誰かに早く知ってもらいたいと思う気持ちが、ダユンの中で入り混じっていた。同情されるのは嫌だが、慰めてもらいたい気持ちは切実だった。こんなダユンを、お母さんは理解できるだろうか。ダユンが自分で自分にメールを送ったということを知ったら、お母さんはどう思うだろうか。

ダユンは計画通り、地下鉄駅のトイレに入ってフェイクメッセージアプリでメールを作ってから、アプリを削除した。手がぶるぶる震えるかと思ったが、何ともなかった。洗面台の鏡の前に立つと、化粧をしていない顔が見慣れず、ひどく疲れて見えた。ティントを取り出して下唇だけにポンポンと叩いた。まだ面接会場に入れる時間だ。メールなんて、消してしまえば終わりだ。

心を決められないまま、とりあえずキョンイン外高の方向に歩いていると、ポケットでブルブルとケータイが振動した。

「あんたが望むほうを選択して。心からそう思ってるよ。あんたと友だちで良かった」

ソランだった。

望むほう？　私が望むことは何だろう？　そしてその前にお母さんの電話番号が入った、

実はダユンが作った偽のメールがある。「ダジョンの具合がすごく悪いの。この前のあの救急センター」。ダユンは二つのメールを交互に眺めた。その時、聞いたことがあるような女性の声がした。

「お姉ちゃん！　お姉ちゃん！」

ダユンはあたりをきょろきょろ見回した。自動車のことをよく知らないダユンから見てもかなり古いモデルの、でもきれいに磨かれて輝く白い自家用車の運転席から腕がにゅっと出てきた。

「リム！　リム、ファイト！」

ダユンの一歩前を歩いていた一人の女の子が、自家用車の方を向いて手を振った。ダユンのお母さんも、ダユンをユンと呼んでいた。昔の話だ。いつからお母さんがユンと呼ばなくなったのか覚えていないし、もう一度そう呼んでほしいとも思わない。そんな自分の気持ちに気付いて、ちょっと悲しく、虚しくなった。

ダユンは、ソランのメールがお母さんから来たものだったらどうだろうかと考えてみた。考えたら混乱していた気持ちが整理された。ソランのメールを削除した。お母さんの番号を探して、通話ボタンを押してすぐ切って、回れ右をして地下鉄の駅のほうに走った。

もう一度、ソランの話

両親は会社に、お兄ちゃんは面接特別講義を受けに予備校に出かけた朝、ソランは一人でシリアルに牛乳を注いで食べた。ダユンが面接会場に向かう時間だった。地下鉄だろうか、キョンイン外高に向かって歩いているだろうか、それとも、地下鉄駅のトイレの一番奥の個室に入ってためらっているだろうか、と思いながら、ソランはポケットからケータイを取り出した。

ダユンは家ではいつも一人ぼっちで、一人で悩んで決めて、自分で責任を負わなければならないことばかりで、そんな自分をかわいそうだと思っているだろう。ソランは、ひょっとすると今ダユンはいつものけなげで明るい顔をして、利己的な選択をしているかもしれないという気がした。

ソランはダユンにメールを送った。グループトークに残すのはちょっと抵抗があるし、偽のメールと続けて見たら、ダユンがますます悩むことになるだろうと思い、カカオトークではなくメールを選んだ。このメールがダユンにもっと寂しさを感じさせますように。ダユンを揺さぶり、弱気にして、友だちを思い出させますように。

エピローグ

入学式の日も似たようなコースだった。四人は中学の時よく通ったトッポッキ屋に行って、ショッピングモールをちょっと見てからカラオケで遊んで別れた。ソランとヘインがけんかした、あのコインカラオケだった。

ソランが家に帰ると、宅配便が届いていた。ヘインにもらったハロウィンのプレゼントのテープを聞くために買ったカセットプレーヤー。何カ月も迷って結局少々難ありの製品を一つ注文した。

テープを入れて再生ボタンを押すと、ジリジリ短い雑音に続いて、軽快な音楽が流れてきた。英語の童謡集だった。何だ、やっぱり英語のテープじゃん。イ・ヘイン、あの詐欺師。何曲かは小さい頃すごくよく聞いたからか、思い出そうとしなくても自然に一緒に歌えた。

Twinkle, twinkle little star. How I wonder what you are……。

こんな歌詞だったかな？　ソランは歌詞を何度も繰り返して口ずさんだ。

How I wonder what you are.

あなたがいるってどれほど不思議なことか。あなたたちがいるってどんなにすごいことか。ソランはケータイをつけて、講堂の前で撮った写真をもう一度開いてみた。後悔していない。みんなも同じだろうと思う。

ダユンは、特目高に行くのが本当にいいことなのか確信がもてなかったし、家族の喜ぶ顔を見たくなかった。ヘインは、家に経済的な負担をかけるのも、お父さんの願いを叶《かな》えてあげるのも嫌だった。ウンジは、お母さんを失望させたくなかったし、友だちも失いたくなかった。それぞれの計算があり計画があった。済州島の夜、あの約束も大事だったが、一番大事というわけではなかったと思う。みんな、自分にとって最善の選択をしただけだ。

しかし、ソラン自身は、自分の計算も計画もわからずにいた。まだ何もわからない。落伍《らくご》しそうで不安な時もあった。それでもいいと思う。ゆっくり答えを探していけばいいと。まだそんな歳だと。

訳注

1　**入学式**　韓国の学年は、毎年三月初めから翌年の二月末まで。二学期制で、一学期は三月から七月中旬まで、夏休みが入って、二学期は八月下旬から二月末まで。入学式は三月初めに、卒業式は一〜二月に行う学校が多い。

2　**高校選択制**　韓国では高校平準化政策のもとで、高校入学は選抜試験を行わず、学区ごとの抽選で入学校を決めることを原則としているが、近年、志願者の希望をある程度反映させる仕組みが取り入れられるようになった。ソウルでは二〇一〇年から高校選択制が導入され、志願者の希望も踏まえて抽選が行われている。補注参照。

3　**特目高**　特殊目的高校。平準化政策による学力の低下等に対応するため、生徒の卓越した能力を伸ばすことなどを目的として設置された科学高校や外国語高校など。平準化政策の例外として、高校ごとに中学校の内申書や面接その他の資料を通じて入学者を選抜する。実態は有力大学への進学準備校となっているとの批判もある。補注参照。

4　**外高**　外国語高校。特目高の一つ。有力大学への進学校化への批判などにより、二〇二五年には一般高校に転換するという方針が示されている。補注参照。

5　**自私高**　自律型私立高校。高校平準化政策の例外として、入学者の選抜やカリキュラムの運営などに学校の裁量が認められた私立高校。地域単位の自私高と、全国単位の自私高がある。実質的に有力大学への進学準備校となっている学校も多く、二〇二五年にはすべて一般高校に転換するという方針が示されている。補注参照。

6 **一般高校** 特目高や自私高などを除く、平準化政策により入学者が配置される高校のこと。私学も含め、域内のどの高校に入学するかは抽選によって決まる。近年は志願者の希望も配慮して抽選が行われている。補注参照。

7 **十六歳** 韓国では年齢は一般に数え年で数える。数え年は、生まれた年を一歳とし、以後年が改まるたびに一歳ずつ加えていく。数え十六歳は、満では十四歳または十五歳になる。本書でも原則として数え年を使う。

8 **スペック** 機械などの仕様書、明細書という意味から転じて、その人の能力や特徴を具体的に示すもののこと。

9 **冬休み** 韓国の学校の冬休みは十二月末ごろから二月上旬、短い出席期間を挟んで二月下旬に一週間程度の春休みがある。

10 **長患いの親に孝行の子はいないというからね** 「長患いに孝子なし」は、親の看病も長くなると煩わしくなるという意味のことわざ。

11 **定時** 大学入試選考における定時募集のこと。学生生活記録簿（内申書）により選考を行う随時募集に対し、修能（大学修学能力試験）の結果を重視して選考する方式。近年、随時募集を採用する大学が増え、全入学者の八割近くを占めるようになっているが、随時募集におけるスペック重視などが過度の私教育を招いているなどの批判があり、定時募集の拡大が議論されている。補注参照。

12 **修能** 大学修学能力試験。毎年十一月に実施される大学共通の入学試験。日本の大学入学共通テストに相当する。補注参照。

13　**バスルーム**　韓国の家では通常、浴室（シャワーのみの場合も）とトイレ、洗面台が一室にまとまって置かれている。

14　**先行**　先行学習。学校の教育課程に先行して提供される教育のこと。韓国では塾等の私教育において、自分の学年よりも上の学年の内容を勉強することが一般化して問題となっている。

15　**チョンセ**　賃貸住宅の契約時に、まとまった保証金を家主に払うかわりに、月々の家賃は払わない韓国独特の賃貸契約。契約終了時に保証金は全額返還される。最近は金利低下の影響でチョンセに出す家主は減っている。

16　**サムギョプサル**　豚の三枚肉を焼いてサンチュで巻いたり、たれや調味料をつけたりして食べる料理。

17　**ボトックス、フィラー、脂肪溶解剤**　美容整形や痩身治療に用いられる材料。

18　**秋夕**　旧暦の八月十五日。旧正月（ソルラル）と並ぶ代表的な韓国の名節で、前後の日と合わせて祝日となり、先祖の墓参りなどをする。

19　**ムッチッパ**　じゃんけんをして勝ったほうが「ムッ（グー）、チ（チョキ）、ッパ（パー）」のどれかを叫びながら出し、相手に同じものを出させれば勝ち、というゲーム。

20　**学暴委**　学校ごとに設置される学校暴力対策自治委員会のこと。メンバーは教頭、生活指導教員、保護者代表、法律関係者等で、学校暴力の被害生徒、加害生徒に必要な措置を審議決定し、校長にその実施を要請する。二〇二〇年度からは、学暴委の権限は、地域ごとに設置される学校暴力対策審議委員会に移行している。

21　**ＭＤ**　マーチャンダイザーのこと。小売業などにおいて商品の仕入れから、販売、管理までを総合的にマネジメントする業務に従事する人。

22 **サムゲタン** 丸鶏にもち米や栗、にんにく、朝鮮人参、ナツメなどを詰めて煮込んだスープ料理。

23 **タットリタン** 鶏肉とじゃがいも、人参などを辛いスープで煮込んだ料理。

24 **ケランチム** 溶き卵と出汁を合わせて蒸して作る卵料理。

25 **自私高の再指定評価** 自私高は五年ごとに教育庁から学校評価を受け再指定か指定取り消しかが決まる。取り消しとなった場合は、制度上、一般高校に転換することになっている。二〇一九年に行われた評価では、全国の評価対象二十四校のうち、およそ半数が指定取り消しの評価結果となり問題となっている。

26 **講** 経済的な助け合いや親睦を図るための伝統的な協同組織。

補注　韓国の高校進学をめぐる状況

韓国では一九七四年以来、高校入学試験は廃止され、私立も含め各学校は入学者選抜は行えず、学区全体で高校入学者を決め、それを抽選で各校に配分することを基本としている（高校平準化政策という）。ただし最近は本文中にあるように、ある程度志願者の希望が配慮される。なお、地方では平準化を実施していない地域もある。

一方で、こうした平準化に伴う学力低下などの問題に対処するためとして、次々に新しいタイプの高校が設置されてきた。専門的な人材育成を目的にした科学高校や外国語高校などの「特殊目的高校」、学校運営や生徒の選抜などに学校の裁量を認める「自律型高校」、特定分野の技術をもった人材を育成する「特性化高校」、さらには全国から優秀な生徒を集める「英才高校」など。こうした学校は平準化政策の例外とされ、各学校が志願者の中から内申書や面接などによって入学者を選抜する（英才高校は筆記試験もある）。

中学生は、抽選で進学する学校が決まる一般高校か、あるいは前述のさまざまな学校の中から自分の志望する高校を選ぶか、進路の選択をしなければならない。また、その高校選択にあたっては、三年後に控えている大学入試も視野に入れておかなくてはならない。近年の大学入試では、入学試験（修能）の結果で入学が決まる「定時募集」ではなく、高校生活を総合的に記述した内申書が決め手になる「随時募集」による入学者の割合が八割近くにも達していて、高校内申書がどう書かれるかが大学合否の極めて重要な要素になっている。

こうした中で韓国政府は、大学入試での「定時」枠の増大を大学に働きかけるとともに、実質的に有力大学への進学準備校となっていて新たな高校の序列化との批判もある外高や自私高について、二〇二五年に廃止して平準化の枠内に戻す（一般高校化）という方針を示している。

作者の言葉

済州《チェジュ》島に住んでいる友だちは、毎年冬になるとミカンを送ってきます。房の中の粒の一つひとつに味と香りがたっぷり詰まったミカン。実が体を大きく、味を豊かにしていく過程を考えるようになりました。成長はときに手に負えなくて、孤独なことのようです。「誰でもみんな経験することだよ」「あなたは一体何が不満でそんなふうなの？」という言葉に、そうは言っても大変なものは大変なのだと、そういうこともあるんだと答えたかったのです。

小説の中の四人の友だちは、高校の入学式に行って記念写真を撮りました。しかしコロナ禍で日常が止まったこの春、現実の多くの新入生たちは、入学式に参加することができなかったでしょう。新入生だけでなく、大部分の生徒が新学期、新しい教室と新しい友だちに会うときめきと期待、緊張をまともに味わうことができなかったでしょう。

この本が、初めてのことに戸惑い、大変な時を過ごした人たちにねぎらいと励ましになればいいなと思います。まだ熟す前の緑の時間を過ごしたことのあるすべての人に、遅くなったけれど暖かい日差しになったらと思います。

つたない原稿を本として完成させてくれた文学トンネ子どもの本編集部に感謝いたします。

温かい応援と細やかなアドバイス、忘れません。一緒に作業していて、本当に心強く幸せでした。

小説を書くのに手助けをくれたダウン、ヨナ、ウンソ、ジウン、ジニョン、チェウォン、そして名前を明かすことを望まない二人の友だちにも感謝の言葉を伝えます。

最初の読者であり、この小説を書くきっかけをくれた愛する娘に感謝します。私が書く物語は、娘が始めさせてくれるか、娘が終わらせてくれます。

チョ・ナムジュ

二〇二〇年　春

日本の読者の皆さんへ

去年の今ごろ、私は『ミカンの味』の出版を前に、韓国の読者たちに贈る「作者の言葉」を書きました。コロナで止まってしまった日常に戸惑い、大変な時を過ごしている人たちに励ましになることを願っていると。一年後も同じような生活が続いているとは思いませんでした。

パンデミックの時間を過ごして、不幸と苦痛は偶然ではなく公平でもないということを実感するようになりました。みんな同じ病気にかかったのに、ある人はよりたくさん病み、よりたくさんのものを失いました。病気と災害は繰り返されますが、こんな矛盾を繰り返したくはありません。最近、この小説の中の四人の友だちとその親の選択のことを時々考えてみます。子どものために一生懸命な大人たちの切実さがわかります。そして、自分の人生を自ら選択しようとする子どもたちの勇気を信じます。私も心を込めて、そして勇気を奮ってこの小説を日本の読者の皆さんにお届けします。

私は今、小学校の校庭の片隅でこの文章を書いています。今日は新学年が始まる日で、娘が久しぶりに登校しました。転校することになり、初めて新しい学校に行く日でもありました。私は無性に緊張して夜も眠れなかったのですが、娘は何でもないようです。昨夜も穏やかな顔で持ち物と着ていく服を用意して、早々とベッドに入り、今朝も平気な顔で手を振って教室に入っていきました。

春が来て、校門が開きました。マスクをした子どもたちが校庭を走って行きます。もちろんまだ以前のように毎日登校することも、お互いの顔をちゃんと見ることもできませんが、少しずつ普通の日々が近づいてきているようです。

皆さんが元気で、無事に過ごされることを願っています。

二〇二一年　春　ソウルにて

チョ・ナムジュ

訳者あとがき

本書はチョ・ナムジュ著『ミカンの味（귤의 맛）』（文学トンネ、二〇二〇年五月）の全訳である。

チョ・ナムジュは、一九七八年ソウル生まれ。梨花女子大学社会学科を卒業し、放送作家を経て、『耳をすませば』（二〇一一）で文学トンネ小説賞に入賞して作家デビュー。『コマネチのために』（二〇一六）でファンサンボル青年文学賞、さらに同年発表した『82年生まれ、キム・ジヨン』（日本語版：斎藤真理子訳、筑摩書房）で今日の作家賞を受賞している。特に『82年生まれ、キム・ジヨン』は、百万部を超える大ベストセラーとなり、韓国社会にフェミニズムの大きなうねりをつくり出し、邦訳された日本でも大きな反響を呼んでいる。

その後も『彼女の名前は』（二〇一八）（日本語版：小山内園子・すんみ訳、筑摩書房）などのフェミニズム作品を発表し続けてきたが、最近では、都市で暮らす不法在留者たちの物語『サハマンション』（二〇一九）や、葛藤を抱えながら成長していく少女たちの姿を描く本書『ミカンの味』のような、フェミニズムにとどまらない新しい分野の作品にも意欲的に取り組んでいる。現在も、高齢の女性たちの物語を少しずつ書き進めているとのことだ。

「性差別の次に悪いのは年齢差別だよ。なんで私が一週間に日記を何回書けばいいのかを大人が決めるの？」

著者の娘さんのそんな言葉がきっかけになったのだろうか、『ミカンの味』は、思春期の少女たちの物語だ。

子どもたちを主人公に小説を書いた理由を著者に尋ねると、「娘が青少年と言われる年齢になって、自然と娘の属する社会やその年代の子たちに関心をもつようになりました。彼らの考えや、悩み、関係……などを大げさに心配したり、逆に軽んじたりせずにありのままに書いてみたいと思いました。未熟だし、不安もいっぱいだけど、たくましくて勇敢で健康な子どもたちの姿を記録として残したかったのです。私は小説を通じて現在を記録するという考えが強いようです」と語ってくれた。

本書では、これまでの彼女の作品と同様、子どもたちへのインタビューや、彼らが自分たちで作った新聞を読み込むなどの丹念な取材を元にして、彼らの日常や事件が、そして思いや感情がリアルに生き生きと描き出されている。

ソラン、ダユン、ヘイン、ウンジの四人は、ソウル郊外の新興住宅地に暮らすごく普通の中学生の女の子たちだ。とはいっても、誰もが多かれ少なかれそうであるように、彼女たちのまだ始まったばかりの短い人生の中にもいろんな波風はあり、それぞれつらい経験をくぐり抜けてきた四人だ。一人ひとり違う痛みと悩みを抱え、家庭環境も成績も違う彼女たちが学校の映画部で一緒になり、ともに活動する中でいがみあったり仲直りしたりしているうちに、「いつも一緒にいる四人」になる。そして三年生になる直前の春休み、旅行に行った済州島で一つの約束をする。

思い付きのような、でもその時はそのために人生をかけてもよいと思った約束。大人には内緒の、大人から見れば不合理にも思えるその約束。高校進学を控えた彼女たちは、なぜそんな約束をしたのか。そしてその約束は果たして守られるのか。

「作者の言葉」で語られているように、子どもたちにとって「成長はときに手に負えなくて、孤独なこと」だ。しかし、大人たちは、しばしば無意識のうちにその成長の芽を踏みつけにしてはいないだろうか。子どもたちの考えや訴えを「誰でもみんな経験することだ」と十把《じっぱ》一絡《ひとから》げに安易に受け止め、ないがしろにして済ませてはいないだろうか。

著者は、小説に登場する四人それぞれの成長を、その覚束《おぼつか》ない歩みを愛情深く見つめる。「そうは言っても大変なものは大変なのだ」と真正面から受け止めて、一人ひとりの心の内に分け入っていく。家族との葛藤、友だちへの複雑な思い、理不尽としか思えない社会の仕打ち……。リアルに描き出される彼女たちの内面に触れると、この本を手に取った誰もが、まるで自分自身のことであるかのような、若き日の自分の心の内が書かれているような錯覚を覚えるのではないだろうか。この物語は、あなたの物語でもある。

ずっとフェミニズムを語ってきた著者らしく、小説は彼女たちの経験を丹念に拾い上げる。娘に自分と弟の夕飯の用意を当然のことのように要求する父親、男同士ビールでも一杯飲んで話せば子どものトラブルなんて収まると根拠なく言い放つ同級生の父親。一方では、家庭の責任を自分一人に押し付けられ、社会の無理解に囲まれてくたびれ果てた母親たち。そんな大人たちの行動の一つひとつが、彼女たちに小さな傷となって残る。そして、なぜか短くてきつきつだった中学の制服、一日中着けているのが当然と思わされていたブラジャーなど、彼女たちが自然に息をすることさえ妨げている社会の視線……。

本書の背景となっている韓国の高校進学をめぐる状況については、補注として簡単な説明を付したので参照いただきたい。日本と比べて制度の改変の激しい韓国。小説でも触れられている自私高の指定取り消しが学校側の反対でストップしているなど、混乱も見られるようだ。子どもたちは、そんな中で人生の分岐点になるかもしれない重要な選択をしなければならない。

高校進学という試練を四人はどう乗り越えていくのか。そして自分自身で選択したことが、彼女たちのこれからの人生をどのように導いていくのだろうか。

最後に、訳者からの質問にウイットに富んだお返事で、丁寧に答えてくださったチョ・ナムジュさん、素晴らしい解説を書いてくださった春木育美さん、熱心に編集を担当してくださった朝日新聞出版の海田文さん、そして、出版にあたってお力を貸してくださったすべての方々に心から感謝したい。

いつもの日常が一日も早く戻ることを祈りつつ。

二〇二一年　三月

矢島暁子

解説

春木育美

本書の主人公は、四人の女子中学生である。韓国で、この年代の子どもたちの生活圏は「家庭」と「学校」そして「塾」である。思春期を迎えた四人の少女は、この狭い世界のなかで、親への反発や甘え、友情や仲間意識、傷つけ合いや嫉妬、不安や羨望、共感、そして芽生えはじめた自立心と向き合いながら、成長していく。

読み終えた日本の読者には、主人公を取り巻く制度的な問題や、彼女たちを抑圧する韓国社会の仕組みについて、より詳しく知りたい点があったかもしれない。

いくつか説明し、補足したい。

エリート育成と教育の公平性に挟まれ、繰り返される制度変更

全校トップの成績の秀才ダユンは、特殊目的高校の一種である、外国語高校（外高）を受験するよう迫られている。外高は外国語のエリート養成を趣旨として設置されたが、近年は医学部や理系学部に進学する生徒も多く、海外や国内の一流大学への進学率が高いスーパー進学校と化している。

外高に進学させようと血眼になっているのは、親ではなく学校だった。学校は一丸となって、外高の入学選考にパスするための「ダユン合格プロジェクト」に邁進《まいしん》する。日本の高校受験とは異なり、合否を決めるのは入学選考試験ではなく、内申書と面接である。内申書は学校の成績だけでなく、学校生活の成果を記した活動記録が重視される。

大半の外高では面接試験を受ける際、どこの中学の生徒かわからないようにするため制服の着用を禁じている。面接官が学校名などで主観的に判断したり合否に影響が出たりしないようにするものだが、選考が厳正に行われているとアピールするためでもある。

本来、韓国の教育理念では「平等」「公平」が重視されてきた。にもかかわらず、外高などの超進学校は増加。その背景には、エリートに上り詰めた親たちが、子どもを同じ地位や階層につなぎ留めるためにエリート教育機関を欲してきた事実がある。しかし、このような高校の序列化を解消するという政府の方針で、外高などの特殊目的高校は二〇二五年に一般高校へ転換されることが決定している。

本作品でもこの転換にともなう教育現場の空気感が描かれている。外高への進学に乗り気ではなかったダユンの母親だったが、「定時が拡大すると、修能の点数を上げることが重要」(三四頁)と担任から聞くやいなや、目の色が変わる。「修能」とは「大学修学能力試験」のことで、日本の大学入学共通テストに相当する。この試験に基づき選考する入試が「定時(募集)」である。

二〇二〇年時点で定時による選抜は、全大学の入学者の二三パーセントにすぎないのに対し、日本の総合型選抜と類似している「随時募集（随時）」という制度による入学者は全体の七七パーセントを占めている。

随時による選抜では、高校時代の学習の成果を記録した内申書や、勉強以外の活動成果などを記録した学習履歴（ポートフォリオ）が合否に大きく影響する。ダユンの例にみるように、学校がいかに進学実績を高めるために熱心に取り組むかといった学校環境の違いもあるが、家庭の経済力や文化資本、親の人脈や情報収集能力が、ポートフォリオに記載される実績の差につながることが多かった。入試の公平性に大きな問題が生じていることを重く見た政府は、今後ポートフォリオに記載できる項目を縮小し、定時の選抜比率を四割にまで拡大する方針を打ち出している。

外高は集まってくる生徒の学力レベルが高く、学校側の生活管理も行き届いており、合格へと導いてくれると言う担任の言葉に、ダユンの母親の目は輝きを増す。というのも、韓国は入試制度が複雑で、選抜方法や方針も頻繁に変わるため、子どもに合った受験方式の選択や、入試に向けた内申書の管理といった計画や戦略づくりが欠かせない。韓国で受験を制するのは「母親の情報力と祖父母の財力」という。受験の成否は母親の情報収集能力にかかっているといわれるほど、母親への負担やプレッシャーは大きい。

ダユンの母親のように子どもの看病に追われていればなおさらのこと、複雑で二転三転する入試情報を集める時間も入試戦略を練る余裕もなく、結果的に子どもの大学進学のハードルが上がってしまうのだ。

珍しくない進学のための引っ越しと偽装転入

一方、ソランは勉強が得意なほうではない。にもかかわらず、小学生のうちから英語と数学の塾に通い「先行学習」を受けていた。競争社会の韓国らしいと読んだかもしれないが、その背景には韓国の小学校が日本に比べて早く終わる上、放課後の児童保育が充実していないという事情がある。共働きで、子どもだけで留守番させられないからという理由で塾通いをさせていた母親は、次第に周囲の教育熱心な母親たちの話に感化され、焦りや不安感を抱くようになる。そして、ソランは塾の送迎バスに長時間揺られて、ソウル市のタナン洞の有名塾に通うようになる。

タナン洞は架空の地名だが「大学入試の成績が韓国でトップレベル」とあり、江南地域を連想させる。ソウル市内を流れる漢江の北側を江北（カンボク）、南側の地域を江南（カンナム）と呼ぶ。江南地域のなかでも江南区など、有名進学塾が密集する地域の学区にある中学や高校は、学力の高い子どもが集まる進学校となっている。

子どもの教育に有利な環境を求め、江南地域を目指して移住する家庭が少なくないことから、不動産価格は上がり続け、需要と供給のバランスがとれなくなり異常に高騰した物件もある。

韓国では江南地域に限らず、物件自体の価値とは関係なく教育に適した環境であるかどうかの判断で、住宅価格に大きな差が生じている。こうした教育環境の良い地域に居住したり、引っ越したりすることができるのは、それだけの財力がある階層だと証明しているようなものでもある。韓国の都市部では、居住地域を聞くだけで、経済力や資産力が値踏みできてしまうところがある。

ソランの住む地域では、学年が上がるとほかの生徒は当たり前のようにタナン洞に転校していく。タナン洞に引っ越しできる家とそうでない家。こうした現実に向き合い、社会格差を敏感に感じとりながら、子どもは成長していく。

一方、ヘインの一家は、父親が事業に失敗したことで、高層マンションでの豊かな暮らしから、手狭なアパートへの引っ越しを余儀なくされる。栄養バランスや食材にこだわって食事を用意していた母親は、早朝から一日中働くようになり、時間がないからと「塾に行く前におにぎりを買って食べなさい」とヘインにお金を渡す。働き盛りの父親は職が見つからず、警備員の仕事で糊口を凌《しの》ぐ。映画「パラサイト 半地下の家族」でも描かれた、典型的な「中産層から転落」した家庭である。

ヘインの父親は、娘を伯母の家がある住所に「偽装転入」させ、ソウル市内に住所がなければ受験できない自律型私立高校（自私高）に進学させようとする。自私高は、政府からの補助金が支給されないかわりに、独自の教育カリキュラムや学生選抜が許可された学校であるが、その分学費も高い。

子どもの教育を考える上で、進学させたい高校の学区内に引っ越す以外の手段は、偽装転入である。つまり、実際の居住地とは別の場所に書類上、住所を移し登録する行為である。これはもちろん違法行為で、懲役をともなう罰則規定もある。

韓国では、高官の人事については国会で聴聞会を開くことになっているが、そのたびに、首相候補、閣僚候補、最高裁判事などの各候補が、過去に偽装転入をしていたことが明るみになる。その最も多い理由が「子どもの教育のため」である。つまり、偽装転入先に名門小学校や進学率の良い高校などがあり、そこに子どもを通わせたかったというものである。

既得権層に限らず、ヘインのような一般家庭でも、子どもの教育のためなら偽装転入も辞さないケースが珍しくないことは、本作品に書かれているとおりである。

「男同士ビールでも」――日常に潜む性差別意識

両親が離婚したウンジは、母と祖母の三人暮らしで、フルタイムで働く母親のかわりに、祖母に育てられた。育児を支援してくれる実母がいたおかげで、ウンジの母親は仕事を辞めずにすみ、正社員として働き続けることができた。たとえ保育園に入れても、親族やベビーシッター（中国から出稼ぎに来た朝鮮族の女性たちも多い）らの助けなしにフルタイムの仕事を続けることは困難なため、出産育児で労働市場から退出してしまう女性は少なくない。

そうした現実は、チョ・ナムジュ氏の代表作である『82年生まれ、キム・ジヨン』でもあますところなく描かれていた。韓国でいうところの「経歴断絶女性（結婚や出産、育児などを理由に仕事を辞めた女性のこと）」となってしまうと、再び正規職として雇用されるのは二～三割にすぎない。

また、ウンジのパートでは、日本では聞き慣れない「学校暴力対策自治委員会（学暴委）」にまつわるやりとりも印象に残る。学暴委とは、二〇〇四年に制定された「学校暴力予防及び対策に関する法律」により、学校ごとに設置するよう定められた委員会を指す（詳しくは訳注20に説明されている）。

学暴委は、学校での加害者と被害者の問題を管理し、被害を受けた生徒の保護措置などを審議する機関であり、被害の程度に応じて、書面謝罪や特別教育、クラス変更、転校、退学といった処分を決める。ウンジの例に見るように、加害者が小学生であっても同様である。

これらの処分内容は、学校活動記録などの内申書に記載されることがあり、場合によっては高校や大学入試に不利益となる。そのため、加害者側の親が学暴委によって下された処分を不服として再検討を要請したり、法廷闘争へと持ち込んだりするケースも生じている。学暴委対応を専門とする弁護士もいるほどだ。

ウンジのケースでは、ことを穏便にすませたい加害者の父親が、ウンジの家にやってきて、ウンジの母親ではなく父親と話をつけようとする。「男同士ビールでも一杯やりながら腹を割って話せたらと思いまして」（一二六頁）と言う加害者の父親を、母と祖母が声を荒らげ追い返す姿を、ウンジは真っすぐな目でしっかりと見ている。本作品の中で最も、フェミニズム的な視点が冴《さ》えわたる場面である。

チョ・ナムジュ氏が来日した際、日本では夫のことを「主人」と呼ぶと知って驚いたというコメントがあった。他にも以前よりは少なくなったとはいえ、未だに「父兄の方々」という言い方が日本の教育現場で使われることがある。いまや保護者は父母に限らないし、ましてや父や兄といった男性だけが保護者扱いされるのは時代錯誤も甚だしいが、ほとんど無意識に使用されている言葉である。

日常に潜む性差別的な言葉を抉《えぐ》り出し、浮きぼりにして読者に提示する作家の鋭利な感性は、本書でもそこかしこにちりばめられている。

高まる「人権意識」と「連帯」のムーブメント

ところで、ウンジはなかなかのお洒落さんで、彼女のポーチの中には化粧品とメイク道具、つけまつげ、ネイルケア、ピアスやイヤリングが詰まっている。四人の少女は、休み時間に集まっては、ネイルをしたり、ピアスをつけたりして遊ぶ。すっぴんで登校した生徒は、朝から化粧をする。中学生が学校に行くのに、化粧？　ネイル？　ピアス？　と驚かれた読者もいたであろう。

韓国では近年、生徒の自主性や多様性を尊重すべきだという人権ムーブメントが学校教育の場を席巻するようになり、学校生活は大きく様変わりしている。きっかけは二〇〇九年以降、京畿《キョンギ》道やソウル市などが、小中高生を対象とする「学生人権条例」を施行したことだ。条例には、体罰禁止や持ち物検査や所持品没収の禁止、頭髪の自由化、校則の制定や改定に生徒が参加する権利などが盛り込まれている。

これにより、学校現場では劇的な変化が生じた。女子生徒が、メイクやマニキュア、ピアスをして登校するようになったのだ。厳しい校則を維持しようとする学校もあるが、権利意識が芽生えた生徒は、「自分の身体であり、自分の身体をどうしようと個人の自由である。表現の自由を侵害しないでほしい」と主張する。

日本でも、高校で地毛を黒く染めるように強要されて不登校になった女性が訴えを起こすなど校則の根拠や有効性が話題になったが、韓国では一歩先をいっているといえる。

ただ、こうした生徒に対し、教員の側は「生活指導が難しくなった」「言うことをきかせるにはどうしたらいいのか」と戸惑い悩むようになったことも確かだ。本書では、休み時間に他の教室に行くと減点一点、といった減点条項で教員たちが生徒を規制しようとする姿が描かれている。「先生たちは減点のほかには方法がない。(中略)それでも生徒たちは無視して、先生には方法がなくて……無限ループだ」(一五八頁)。教員の苦肉の策が垣間見えるが、「いま」を生きることに懸命な生徒は減点など気にも留めず、どこ吹く風だ。

また「仲間」との「連帯」は、いま、韓国社会のトレンドでもある。人気ドラマひとつとっても、飲食店業界での成功を目指し仲間と奮闘する「梨泰院《イテウォン》クラス」や、日本でも大ブームとなった「愛の不時着」をはじめ、「椿の花咲く頃」「スタートアップ：夢の扉」など、枚挙にいとまがない。

本作品の中でも、少女たちは「連帯」する。思春期の仲間意識は、時にきまぐれで脆《もろ》く危うい。だが、それでも彼女たちを強く結びつけるのは、画一的な価値観や、枠に当てはめようとする親や学校への反発である。作品中の「シスターフッド」ともいえる共闘は、子どもたちの自由意志が尊重されない社会へのアンチテーゼでもある。

それぞれ果たしたい目的が違ったとしても、自分の意思と反する抑圧に抗いたいという思いに共感することはできる。そして、「仲間」とともに「連帯」し、励まし合うことで、より良い方向へと一歩前進することができるかもしれない。『ミカンの味』は、そんなエールを子どもや大人たちに投げかけてくれる作品である。

はるき・いくみ　東京都生まれ。同志社大学大学院社会学研究科博士課程修了。社会学博士。早稲田大学韓国学研究所招聘研究員。著書に『韓国社会の現在　超少子化、貧困・孤立化、デジタル化』（中公新書）、『現代韓国と女性』（新幹社）、共著に『知りたくなる韓国』（有斐閣）など多数

著　チョ・ナムジュ
1978年、韓国・ソウル生まれ。梨花女子大学社会学科卒。卒業後は放送作家として社会派の「PD手帳」「生放送・今日の朝」など時事・教養番組を10年間担当した。2011年、長編小説『耳をすませば』で文学トンネ小説賞に入賞して文壇デビュー。16年に発表した『82年生まれ、キム・ジヨン』は韓国で130万部を超える大ベストセラーになり、25の国と地域で翻訳されている

訳　矢島暁子（やじま・あきこ）
学習院大学文学部卒。高麗大学大学院国語国文学科修士課程で国語学を専攻。訳書に、ソン・ウォンピョン『アーモンド』（祥伝社、2020年本屋大賞翻訳小説部門第一位）、キム・エランほか『目の眩んだ者たちの国家』（新泉社）、イ・ギュテ『韓国人のこころとくらし』（彩流社）、洪宗善ほか『世界の中のハングル』（三省堂）がある

装幀　大島依提亜

This book is published with the support of
the Literature Translation Institute of Korea (LTI Korea).
本書は、韓国文学翻訳院の助成を受けて刊行されました。

ミカンの味《あじ》

2021年4月30日　第1刷発行

著　　者　チョ・ナムジュ
訳　　者　矢島暁子
発 行 者　三宮博信
発 行 所　朝日新聞出版
〒104-8011　東京都中央区築地5-3-2
電話　03-5541-8832（編集）
03-5540-7793（販売）
印刷製本　株式会社 加藤文明社

ISBN978-4-02-251757-9
定価はカバーに表示してあります。
落丁・乱丁の場合は弊社業務部（電話03-5540-7800）へご連絡ください。
送料弊社負担にてお取り替えいたします。